novum pro

FRÄNZI B.

WENN ALLES *KANN* UND NICHTS *MUSS*

novum pro

Bibliografische Information
der Deutschen Nationalbibliothek:

Die Deutsche Nationalbibliothek
verzeichnet diese Publikation in
der Deutschen Nationalbibliografie.
Detaillierte bibliografische Daten
sind im Internet über
http://www.d-nb.de abrufbar.

Gedruckt in der Europäischen Union
auf umweltfreundlichem, chlor- und
säurefrei gebleichtem Papier.

ISBN 978-3-99146-097-8
Lektorat: Dr. Annette Debold
Umschlagfotos:
Antos777, Yevhen Dromashko,
Samantha Grandy | Dreamstime.com
Umschlaggestaltung, Layout & Satz:
novum Verlag

www.novumverlag.com

Climate neutral
Print product
ClimatePartner.com/16547-2201-1002

Inhaltsverzeichnis

« Kapitel 1 »

Marika war ein kleines, wunderschönes Mädchen mit leuchtenden blauen Augen. Ihr Haar war sehr dunkel. Sie war ein überaus fröhliches Kind und lachte viel. Sie strahlte wie die Sonne. Leider hatte sie keinen so guten Start ins Leben. Marika wurde leider nicht aus Liebe gezeugt, sondern war mehr oder weniger ein Unfall. Ihre Mutter, namens Katja, wollte sie von Anfang an abtreiben lassen.

Dadurch fiel es ihr auch schwer, als sie erfuhr, dass sie schwanger war, Gefühle zu ihrem Baby aufzubauen. Katja war selber noch jung, erst zwanzig Jahre. Sie wohnte noch daheim bei ihren Eltern. Katja wurde sehr geliebt von ihnen und bekam auch immer alles. Sie war ein Einzelkind und wurde deswegen über alle Maße verwöhnt. Ihr wurde jeder Wunsch von den Lippen abgelesen und erfüllt. Sie durfte sich auch in ihrem Elternhaus eine Etage für sich auf Kosten der Eltern einrichten. Katja hatte sich nie irgendwie Sorgen um etwas machen müssen. Sie verdiente selber kein Geld und hatte auch keine Ausbildung, sondern nur einen Schulabschluss. Dennoch war sie immer gut gekleidet und hatte immer die neuste Mode an. Sie hatte viele Klamotten, Schmuck, Schuhe und Handtaschen. Ihr fehlte es wirklich an nichts. Katja wollte nie Kinder haben. Sie liebte es, Geld auszugeben und zu leben. Katja fuhr gerne mit dem Bus in die nächste Stadt, um dort einen Kaffee zu trinken. Dieses Café nannte sich Heimathafen. Es war total anders eingerichtet als die üblichen Cafés und auch sehr einfach strukturiert.

Es gab auf Europaletten richtige Chillecken, dann standen dort vereinzelte Tische mit sehr alten Stühlen von früher. Es hatte ein gewisses Flair. Besonders zog es Katja wegen des einen Kellners hin. Er war groß, hatte eine tolle Figur, dunkle Haare und strahlend blaue Augen. Sein Kleidungsstil, auf der Arbeit, war sehr schick, er trug immer einen langen schwarzen Vorbinder und obenrum ein weißes Hemd mit Knöpfen. Seine Haare gelte er stets etwas nach hinten, weil sie obenrum länger waren. Er strahlte das gewisse Etwas aus, was Katja als sehr anziehend empfand. Eines Tages, als sie wieder dort saß, um einen Kaffee zu bestellen, sprach sie ihn einfach an. Sie fragte ihn nach seinem Namen. Er hieß Robert. Robert war ein sehr aufgeschlossener Mann und konnte sich gut mit anderen Menschen unterhalten. Er hatte Sinn für Humor und einfach eine herzliche Art. Es begann sich ein richtiges Gespräch zwischen ihnen zu entwickeln, sodass Robert Katja seine Handynummer gab. Er meinte, er hätte um 22 Uhr Feierabend und würde sich freuen, wenn sie danach telefonieren könnten. Katja genoss ihren Kaffee und fuhr dann mit dem Bus wieder nach Hause. Sie war total nervös, weil sie ihn in zwei Stunden anrufen sollte. Die Zeit verging überhaupt nicht. Katja beschloss, etwas zu schlafen, damit sie später ausgeruht telefonieren konnte. Dann war es so weit, ihr Wecker klingelte kurz vor 22 Uhr. Sie war etwas erschrocken, aber dieses Gefühl wurde sofort von den Endorphinen und durch das Adrenalin überschüttet. Sie griff zu ihrem Festnetztelefon, da sie auch hier, von ihren Eltern, eine Flatrate in alle Netze bekommen hatte. Sie tippte, mit zittrigen Fingern, die Nummer ein, und es wählte. Es klingelte zweimal, da war Robert schon dran. Er freute sich, ihre Stimme zu hören, und sagte es ihr! Katja fand gar keine Worte bzw. keine Richtung, worüber sie hätte sprechen können. Sie war in dem Moment einfach nur sprachlos. Roberts offene Art vereinfachte es total. Er fragte: „Woher kommst du, Katja? Warum sehe ich dich immer nur alleine?“ Katja erzählte, dass sie in einem kleinen, unscheinbaren Dorf wohne. In einem Haus mit ihren Eltern zusammen. Sie war eine Einzelgängerin, weil sie es so einfach besser fand. Sie hatte keine Freunde, aber es störte sie auch nicht weiter. Robert erzählte ihr voller Stolz, dass er eine große Penthousewohnung in einem etwas gehobeneren Stadtteil besitze und sie auch selbst finanziere. Er lege viel Wert darauf, selbst Sachen in die Hand zu nehmen und es selbst zu stemmen, einfach unabhängig zu sein. Er erzählte auch, dass er gerade einen Abschluss zum Piloten mache und deswegen viel lernen müsse. Sein großes Ziel sei, berühmte Leute von A nach B zu fliegen, so was wie ein Privatpilot zu werden. Robert war sehr gut in der Ausbildung, er konnte schon richtig gut fliegen und war auch schon an vielen Orten. Er kellnerte noch nebenher, wegen seiner gehobeneren Lebensweise. Er freute sich, über jeden dazuverdienten Cent, den er dann gut zu investieren wusste. Katja fragte ihn nach seinem Alter und bekam heraus, dass er fünfundzwanzig Jahre alt war. Sie war richtig verzaubert von ihm. Robert war auch sehr beeindruckt von Katja. Wie sie lebte, welche Einstellungen sie hatte und dass ihr das Alleinesein nichts ausmachte. Mittlerweile war es schon Mitternacht. Robert verabschiedete sich und meinte: „Ich würde mich freuen, wenn wir uns wiedersehen!“ Katja war so perplex über diesen Anruf. Sie freute sich und ging dann schlafen. Katja war jetzt noch öfter in dem Café. Robert nutzte jede freie Minute, zu Katja zu gehen, um mit ihr reden zu können. Sie verstanden sich echt gut. Katja fragte ihn, ob es möglich wäre, dass er sie einmal besuchen kommen könnte. Robert fand diese Idee toll und schlug vor, sich am Freitag nach seiner Arbeit zu treffen. Katja war voller Vorfreude und konnte es kaum erwarten, dass es endlich Freitag wurde.

Der Tag nahte, und Robert hatte gleich Feierabend. Er zog seine Arbeitssachen aus und schlüpfte in seine Jeanshose und seinen Pullover. Dann zog er seine Sneakers an und blickte noch einmal in den Spiegel, um zu schauen, ob seine Haare noch passten. Er ging raus zum Parkplatz, stieg in seinen weißen BMW und fuhr los. Als er bei Katja ankam, stand sie schon erwartungsvoll, wieder sehr gut gekleidet, vor der Tür. Sie gingen beide nach oben, und Katja zeigte Robert erst mal ihre Wohnung. Er war beeindruckt von ihrem Einrichtungsstil, es war alles sehr neu und modern. Katja machte keinen Hehl daraus, dass ihre Eltern das alles bezahlt hatten. Im Wohnzimmer setzten sie sich dann vor ihren Kamin, der schon gut geschürt worden war. Es war richtig angenehm warm. Katja wusste, von den ganzen Gesprächen zuvor, dass Robert gerne Rotwein trank. Diesen öffnete sie und schenkte zwei Gläser ein. Robert sagte: „Ich kann aber nur ein Glas mittrinken, weil ich dann noch nach Hause fahren muss.“ Der Abend verlief wie im Fluge, sie erzählten und erzählten. Katja fiel auf, dass Robert sich selbst und Katja immer wieder erneut Wein einschenkte.

Nach dem dritten Glas fragte sie ihn dann, ob er bei ihr schlafen möchte. Robert meinte: „Ja klar, ich bleibe gerne hier.“ Katja legte einen Holzscheit in den Kamin und holte noch eine Flasche Rotwein. Robert schmiegte sich an Katja, und sie kuschelten auf der Couch. Es kam zum ersten Kuss. Dabei blieb es aber nicht, Robert fiel über Katja her, und sie schliefen miteinander. Sie war hin und weg von ihm.

Danach schliefen sie beide Arm in Arm auf der Couch ein. Am nächsten Morgen fuhr Robert wieder nach Hause. Sie verabschiedeten sich mit den Worten: „Wir sehen uns ja im Café wieder.“ Das war für beide völlig in Ordnung, und so war es auch. Sie trafen sich öfters dort und erzählten sich einander. Ein weiteres privates Treffen ergab sich nicht mehr, da Robert ja für seine anstehenden Prüfungen lernen musste. Er nahm sich aber oft Zeit, um mit Katja zu telefonieren. Robert fiel mit der Zeit auf, dass Katja diese Woche noch gar nicht im Café gewesen war. Er rief sie in seiner Pause an und fragte, ob alles o. k. sei. Katja antwortete, ihr gehe es nicht so gut, sie denke, sie habe eine Magenverstimmung, weil ihr dauernd schlecht sei und sie sich auch öfters erbreche. Katja meinte, er solle sich bitte keine Sorgen machen, sie erhole sich schon, und nächste Woche komme sie wieder auf einen Kaffee vorbei. Robert wünschte ihr gute Besserung, legte auf und widmete sich wieder seiner Arbeit. Katja ging es die nächsten Tage nicht wirklich besser, sie beschloss dann doch, mal zum Arzt zu gehen. Ihr Arzt checkte sie durch, machte eine Anamnese zu ihrem Zustand und nahm ihr dann

Blut ab. Währenddessen erzählte Katja, dass sie immer morgens erbreche. Mit diesem Wissen fragte sie ihr Arzt: „Kann es sein, dass Sie schwanger sind?“ Katja schaute geschockt und war gedanklich sofort bei dem Abend, an dem Robert bei und mit ihr schlief. Ihr wurde gerade bewusst, dass sie gar nicht verhütet hatten. Gleich wurde ihr wieder richtig schlecht. Ihr Arzt merkte, dass sie in Gedanken war, und stellte erneut die Frage. „Kann es sein, dass Sie schwanger sind?“ Katja antwortete: „Ich weiß es nicht, aber die Möglichkeit besteht.“ Da ihr Arzt eh Blut abgenommen hatte, ließ er gleich den Wert für die Schwangerschaft mitbestimmen.

Katja sollte zur Toilette gehen, um einen Schwangerschaftstest zu machen. Dieser war natürlich positiv. Für sie brach die Welt zusammen, weil sie nie schwanger werden wollte und es jetzt offensichtlich war. Ihr Arzt gab ihr eine Überweisung für einen Frauenarzt. Katja war vorher noch nie beim Frauenarzt, weil sie nie Kinder wollte. Deswegen war es für sie nie ein Thema, dort hinzugehen. Sie fuhr mit dem Bus heim und stand völlig neben sich. Für sie stand fest, dass sie das ungeborene Kind nicht möchte und es auch abtreiben ließe. Als sie darüber eine Nacht geschlafen hatte und sich sicher war, dass sie das Kind nicht haben möchte, nahm sie das Telefon und rief bei einem Frauenarzt an. Dort sagte sie gleich, was Fakt war, dass sie ungewollt schwanger geworden sei und es jetzt wegmachen lassen wolle. Sie bekam den Termin erst in zwei Wochen. Das war für Katja ganz schlimm, sie wollte Robert nichts davon sagen, dass sie von ihm schwanger war. Nun musste sie einen Plan schmieden. Sie konnte ja nicht länger sagen, dass sie eine Magenverstimmung hatte und deswegen nicht mehr ins Café kommen konnte. So, wie es das Schicksal wollte, klingelte das Telefon. Katja ging ran und meldete sich mit ihrem Nachnamen, weil sie dachte, es sei noch mal die Arztpraxis und sie könnte doch schon früher kommen. Eine männliche Stimme ertönte am anderen Ende, es war Robert. Mit ihm hatte sie jetzt gar nicht gerechnet. Sie fasste schnell klare Gedanken, denn sie wollte sich ja nichts anmerken lassen, und sagte: „Hey, das ist aber schön, dass du anrufst!“ Robert freute sich auch, Katja mal wieder zu hören. Robert wollte wissen, wie es ihr gehe. Da Katja in dem Moment nichts einfiel, kam es wie aus der Pistole geschossen: „Alles wieder gut!“ „Das ist aber schön“, meinte Robert. Er erzählte ihr, dass nächstes Wochenende Michael Jackson ins Café komme, um Autogramme zu geben. Er würde sich riesig freuen, wenn Katja mit dabei wäre. Robert wusste aus den ganzen Unterhaltungen, dass Katja gerne Michael Jackson hörte und sie ein Fan von ihm war. Sie war auch richtig erfreut darüber, aber zugleich kam ihr der Gedanke, was sie machen sollte, wenn ihr wieder schlecht würde und sie sich wieder erbrechen müsste. Katja versuchte den Gedanken abzulegen und widmete ihre Aufmerksamkeit voll und ganz dem Telefonat. Robert schlug vor, sie Samstag abzuholen, aber das passte Katja nicht. Sie sagte zu ihm: „Ich werde wieder mit dem Bus reinkommen, weil ich noch nicht genau weiß, wie ich an dem Tag fertig werde!“ Für Robert war das völlig in Ordnung, er meinte nur: „Für mich ist es nur wichtig, dass du überhaupt kommst!“ Sie telefonierten noch stundenlang, bis es schon Abend wurde. Katja wurde müde und sagte zu Robert: „Ich möchte mich jetzt gerne schlafen legen, wir hören uns, o. k.?“ Robert wünschte ihr eine gute Nacht, und sie legten auf.

Einige Tage vergingen. Katja machte sich Gedanken, wie sie den Tag mit Robert verbringen könnte, ohne dass er ihr irgendwas anmerkte. Das war eine sehr große Herausforderung.

Schließlich war es Samstag. Katja stand auf, ihr erster Weg war gleich zur Toilette, und sie übergab sich. „Na toll“, dachte sie sich, „das fängt ja schon gut an.“ Ihr war richtig schlecht und übel. Katja wollte am liebsten absagen, aber das wäre fatal, weil dann hätte Robert etwas gemerkt. Sie machte sich erst mal Frühstück und einen Tee. Danach stöberte sie in ihrem Schrank, was sie anziehen könnte. Katja fand, dass ihr Unterbauch sehr aufgebläht war. Auch das wollte sie vor Robert verstecken. Sie entschied sich für ein schwarzes, knielanges Kleid, mit roten Pumps und dazu eine rote Clutch. Katja ging duschen und machte sich fertig. Dann ging sie zum Bus und fuhr in die Stadt. Ihr war richtig schlecht. Da sie im Gesicht sehr blass war, überschminkte sie es mit Rouge. Sie sah sehr gut aus, aber sie fühlte sich alles andere als gut. Als sie im Café ankam, sagte sie innerlich zu sich: „Jetzt reiß dich zusammen, Katja!“ Robert hatte sie schon gesichtet und kam auf sie zu. Sie begrüßten sich sehr herzlich und umarmten sich. Robert machte ihr gleich ein Kompliment, wie toll sie aussah. Er bat sie, mit ihm an den Tresen zu kommen und dort Platz zu nehmen. Von hier aus hatte sie die beste Sicht und auch keine Rangelei. Es war nämlich richtig voll. Robert wollte ihr gerade einen Kaffee machen, da stoppte Katja ihn und sagte: „Ich möchte lieber erst mal ein Wasser!“ Katja wusste, wenn sie jetzt einen Kaffee trinken würde, wäre das ihr Verhängnis, wieder zu erbrechen. Robert stellte ihr ein Glas Wasser hin und sagte: „Gleich kommen sie!“ In dem Moment fuhr eine schwarze Limousine vor, und es stiegen zwei schwarz gekleidete Männer aus und öffneten die hinterste Tür. Da war er, Michael live und hautnah! Seine zwei Bodyguards gingen links und rechts neben ihm, und sie kamen herein. Roberts Chef hatte direkt am Tresen einen Tisch vorbereitet, wo er sich setzen sollte. Es wurde richtig laut und kreischend, alle riefen Michael. Die Bodyguards hatten ihr Tun, ihn an den besagten Tisch zu kriegen. Als er saß, bekam Michael ein Mikrofon und begrüßte alle Gäste: „Hello, dear ones, I am the King of Pop. I am pleased to be here. Have a nice afternoon!“ „It's great! Yeah.“ Katja war Feuer und Flamme, ihn wieder mal live und so nah zu sehen. Sie war schon auf einigen Konzerten von ihm gewesen, aber das hier übertoppte alles! Sie war ganz aufgeregt, und dadurch wurde ihr noch schlechter. Sie merkte, wie ihr schwindelig wurde, bis sie auf einmal kollabierte. Sie fiel vom Stuhl auf den Boden. Robert erschrak und stürmte zu ihr. Er streichelte ihr übers Gesicht und schrie: „Katja, hörst du mich?“ In dem Moment schlug sie wieder die Augen auf. Robert war total nervös und rief zu seinem Chef: „Horst, schnell, wir brauchen einen Krankenwagen!“ Robert half Katja aufzustehen; als er sie unter ihren Kopf fasste, merkte er, wie es an seiner Hand warm wurde. Sie blutete am Hinterkopf. Er schrie wieder auf: „Schnell, sie blutet, wir brauchen einen Arzt!“ Er nahm Katja auf seine Hände und trug sie in die Umkleide. Holte ein kaltes Tuch und legte es ihr auf die Stirn. Katja war wieder bei vollem Bewusstsein und fragte Robert: „Was ist passiert, warum liege ich hier?“ Robert streichelte ihr über den Kopf und meinte: „Gleich kommt der Arzt, es wird alles gut!“ Katja war erschrocken und sagte: „Ich brauchen keinen Arzt! Es geht schon wieder.“ Robert meinte: „Ich bin gleich wieder da, ich hole dir ein Glas Wasser!“ Er ging zu seinem Chef und fragte, ob es o.k. wäre, wenn er mit Katja ins Krankenhaus fahren dürfte. Er bekam die Erlaubnis. In der Zeit traf auch der Krankenwagen ein. Robert holte sie durch die Hintertür in die Umkleide. Dort wurde Katja erstuntersucht. Es war auf den ersten Blick alles in Ordnung. Sie konnte auch selber zum Krankenwagen rauslaufen. Robert sagte zu einem Sanitäter, dass er mit seinem Auto nachkommen würde. Katja war noch leicht neben sich und bekam das nicht mit. Als alle im Krankenwagen waren, fuhren sie los, zum Krankenhaus.Nach der Ankunft wurde Katja gleich in die Notaufnahme gebracht. Es dauerte nicht lange, und Robert war da. Die Schwester fragte ihn, ob er ein Angehöriger sei, er antwortete ihr: „Ja, ich bin ihr Freund!“ Somit durfte er bei ihr bleiben. Sie untersuchten Katja erneut und meinten, am Hinterkopf hätte sie eine kleine Platzwunde, die nicht weiter versorgt werden müsse, weil sie sehr klein sei. Sie bekam dort nur ein Pflaster drauf!

Katja setzte sich auf und meinte: „Ich muss mich übergeben.“ Die Schwester holte schnell einen Spuckbeutel, genau zum richtigen Zeitpunkt, weil sich Katja übergab. Der Arzt, der sie untersuchte, meinte, sie hätte wahrscheinlich eine kleine Gehirnerschütterung und müsse auf jeden Fall vierundzwanzig Stunden zur Überwachung dableiben. Der Arzt sagte, er müsse noch einen Bauchultraschall zur sicheren Abklärung machen, um alles auszuschließen. Katja riss ihre Augen auf und sagte: „Muss das sein, mit dem Ultraschall?“ Sie wusste genau, wenn der Arzt jetzt ihren Bauch schallte, käme alles raus. Robert, der sehr besorgt schaute, bat Katja, es bitte machen zu lassen. Katja musste sich wieder übergeben. Sie hatte Angst, weil für sie feststand, dass sie das Kind nicht wollte. Ihr blieb nichts anderes übrig, als es machen zu lassen. Sie legte sich zurück auf die Liege und machte ihren Bauch frei. Der Arzt nahm den Ultraschallkopf und setzte ihn auf Katjas Bauch, der zuvor mit Gel eingeschmiert wurde. Er fing oben an zu schallen und arbeitete sich nach unten. Als er am unteren Bauch war, beugte er sich fragend zu dem Bildschirm. Katja war es so klar, was jetzt gleich ans Tageslicht käme. Der Arzt schaute beide an und sagte: „Wissen Sie, dass Sie schwanger sind?“ Robert erstarrte und sagte: „Habe ich das gerade richtig verstanden?“ Der Arzt wiederholte sich und zeigte auf den Bildschirm. „Da sehen Sie, da ist etwas Kleines, was sich bewegt.“ Es war das Herz des ungeborenen Babys, das schon schlug. Robert musste sich kurz setzen, weil er fassungslos war. Katja hingegen antwortete: „Ja, ich wusste es!“ Ohne jegliches Gefühl dafür. Der Arzt sagte: „Es könnte so circa elf Woche sein. Robert fasste so langsam wieder einen klaren Gedanken und war voller Euphorie.“

„Katja, wann wolltest du mir das sagen, dass du schwanger bist? Das ist unser gemeinsames Baby.“ Robert freute sich, und ihm schossen, vor Glück, Tränen in die Augen. Katja hätte nie damit gerechnet, dass er sich so darüber freuen würde. Für sie stand nach wie vor fest, dass sie es nicht möchte. Um vom Thema abzulenken, wollte sie von dem Arzt wissen, ob sonst alles in Ordnung wäre. Er bejahte ihre Frage. Katja durfte sich wieder anziehen. Robert war noch völlig hin und weg und fragte den Arzt, ob er ein Bild von dem Ultraschall haben dürfte. Er bekam eins. Katja wurde es wieder total schlecht, und sie erbrach erneut. Eine Schwester holte sie dann ab und brachte sie auf Station. Dort bekam sie ein Zimmer, wo sie aktuell noch alleine lag. Die Schwester bat Robert nach Hause zugehen, weil Katja jetzt Ruhe brauchte. Über diese Aufforderung war Katja sehr erfreut, zeigte es aber nicht. Robert hatte dafür auch Verständnis, er küsste sie auf die Stirn und sagte: „Erholt euch beide! Ich hole dich dann morgen ab.“ Katja bedankte sich und legte sich in ihr Bett. Sie schlief auch gleich vor Schwäche und Erschöpfung ein. Es war mittlerweile Abend. Die Schwester stellte ihr noch eine Kanne Tee hin und legte einen neuen Spuckbeutel mit Tüchern auf den Nachttisch. Sie verließ dann das Zimmer. Am nächsten Morgen, als Katja aufwachte, ging es ihr deutlich besser. Sie konnte es kaum erwarten, dass sie nach Hause durfte. Robert bestellte sie auf 10 Uhr, um sie abzuholen. Als er kam, brachte er ihr einen Blumenstrauß und eine Karte mit. In dieser lag eine Autogrammkarte, handsigniert von Michael. Katja freute sich sehr darüber, aber ihre Gedanken kreisten schon die ganze Zeit darum, wie sie es Robert erklären sollte, dass sie das Kind nicht möchte. Robert nahm sie an die Hand, und sie gingen zum Auto. Er fuhr Katja nach Hause und fragte sie, ob er noch mit zu ihr dürfte, er würde gerne mit ihr über alles reden. Katja blieb ja nichts anderes übrig, worauf sollte sie auch noch warten! Als sie ankamen, setzten sie sich beide auf die Couch. Katja nahm sich eine Decke, weil ihr kalt war. Robert machte ihr noch einen Tee, und dann war es so weit. Katja sagte zu ihm: „Ich möchte keine großen Reden schwingen über dieses Kind! Für mich steht fest, ich möchte es nicht und du solltest es nie erfahren!“ Robert war erschüttert über ihre Aussage und erkannte Katja fast nicht wieder. Sie war so herzlos und kühl dem Baby gegenüber. Robert wollte niemals, dass sie das Kind abtreiben ließe. Er sagte zu ihr: „Das ist auch mein Kind, und ich lasse es nicht zu, dass du es tötest!“ Das Gespräch eskalierte, weil jeder auf seiner Meinung bestand. Katjas Worte waren dann: „Es ist immerhin noch mein Körper, und ich tue mir das nicht an, es kommt weg, und fertig!“ Sie bat Robert dann auch zu gehen, weil sie nicht mehr länger mit ihm darüber reden wollte. Robert ging widerwillig und sehr erbost. Er sagte mit lauter Stimme: „Das Thema ist noch nicht erledigt!“ Am nächsten Tag war Robert sehr gefasst und überlegte, wie er Katja dazu bringen könnte, es nicht zu tun. Er griff zum Telefon und rief sie an. Katja ging sehr genervt ran und meinte: „Werde ich jetzt wieder belehrt und beschimpft von dir? Dann lege ich gleich wieder auf.“ Robert sagte: „Nein, ich möchte vernünftig mit dir reden! Ich würde echt alles, wirklich alles für dich tun, damit du das Baby nicht abtreiben lässt. Bitte denke mal darüber nach, und melde dich dann bei mir. Es muss doch irgendwas geben, was dich deine Meinung ändern lässt!" Er legte auf, in der Hoffnung, dass es Katja auch tun und sich bei ihm melden würde. So trat es dann auch ein. Katja kam zu ihm ins Café. Sie hatte ein Schriftstück dabei, indem ihre Forderungen standen. Sie war eiskalt und sehr unberechenbar. Katja gab Robert das Schriftstück in die Hand mit den Worten: „Lies es, unterschreib es, und fertig!" Katja drehte sich um und ging, ohne noch irgendwas zu sagen. Robert war verwirrt, was war das jetzt bitte? Er legte dieses Schriftstück erst mal in seine Tasche und machte seine Schicht zu Ende. Als er dann abends zu Hause war, las er es sich in Ruhe durch. Er war total schockiert, welche Forderungen Katja ihm stellte. Unter anderem stand drin, dass sie eine finanzielle Absicherung haben möchte, dass Robert ihr für jeden Monat, den sie schwanger war, etwas kaufen sollte. Dass er bei der Geburt nicht dabei sein dürfte, dass sie für die Geburt selber 10.000 € möchte. Robert erkannte Katja nicht wieder, sie war total verändert. Er überlegte nicht lange und unterschrieb es. Er frankierte es mit einer Briefmarke und brachte es den nächsten Tag gleich zur Post. Robert wusste genau, wenn er ihre Forderungen nicht umsetzte, ließe sie das Kind abtreiben. Er war schockverliebt in sein Baby und würde alles tun, dass dem Baby nichts geschieht. Am nächsten Tag erhielt Katja diesen Brief, und sie freute sich, dass Robert es tatsächlich, ohne irgendwelche Kompromisse, unterschrieben hatte. Katja beschloss, auch nicht mehr zu ihm ins Café zu gehen.

Wochen vergingen, Katja hielt ihre Termine zur Vorsorge immer ein und berichtete Robert kurz, was es Neues gab. Die Schwangerschaft verlief komplikationslos. Katja bekam auch jeden Monat ihr versprochenes Geschenk von Robert. Sie hatte bis heute keinerlei Gefühle zu dem Baby aufgebaut. Für sie war es nur eine vertragliche Abmachung, die sie zu erfüllen hatte. Katja wollte auch nicht wissen, ob es ein Junge oder Mädchen wurde. Es war ihr völlig egal und gleichgültig. Dann war es so weit, Katja stand kurz vor der Geburt. Nachdem sie ihren Blasensprung daheim hatte, fuhr sie mit dem Bus ins Krankenhaus.

Sie nahm das alles sehr locker. Dort angekommen, meldete sie sich auf der Entbindungsstation. Sie wurde aufgenommen und in den Kreissaal gefahren. Sie stellte auch von Anfang an klar, dass keiner dabei sein würde und der Erzeuger danach angerufen werden sollte. Sie wollte auch gleich ein gescheites Schmerzmittel, weil sie schon ordentliche Wehen hatte. Ihr wurde eine PDA gelegt, und somit spürte sie kaum noch etwas. Die Geburt verlief reibungslos, und sie gebar ein gesundes Mädchen. Als das Mädchen die Welt erblickte und erstuntersucht wurde, wollte die Hebamme den Namen wissen. Katja meinte: „Sie haben doch eine Nummer bekommen, rufen Sie dort an und geben Bescheid." Robert erhielt den Anruf und eilte danach sofort in die Klinik.

Er wusste schon, dass es so weit war, weil Katja ihm im Bus schrieb, dass sie sich jetzt auf dem Weg zur Entbindung machte. Als Robert im Kreißsaal ankam, gratulierte ihm die Hebamme und gab ihm ein kleines Bündel in die Hand. Robert war fassungslos über dieses Gefühl. Er sagte: „Das ist meine Tochter, Wahnsinn!" Die Hebamme erwiderte, sie bräuchte jetzt mal den Namen, um die Unterlagen fertig zu machen. Robert schaute Katja fragend an: „Wir haben nie darüber gesprochen, welchen Namen wir nehmen wollen." Katja antwortete: „Mir ist das so was von egal, wie das Kind heißt!" Die Hebamme schaute Katja an und sagte: „Wie? Das ist doch Ihre Tochter, Sie müssen doch einen Namen wissen!" Robert dachte nicht lange nach und meinte: „Ich würde Marika richtig toll finden." Da es Katja egal war, stand jetzt fest, das kleine Mädchen hieß Marika. Die Hebamme bat Robert, Marika der Mama zu geben, weil sie die kleine anlegen sollte. Katja machte der Hebamme in einem forschen Ton klar, sie würde dieses Kind nicht stillen und sie möchte sofort diese Tablette zum Abstillen haben. Robert durfte dann das erste Mal seine Tochter füttern. Die Hebamme holte eine mit Pulver angefertigte Milch und gab dem frisch gebackenen Papa die Flasche in die Hand. Er war so stolz auf sein Kind. Er gab ihr liebevoll die Flasche und schaute sie dabei die ganze Zeit verliebt an. Als er fertig war, durfte er auch gleich beim ersten Bad mithelfen. Robert war sehr interessiert. Katja hingegen zeigte null Interesse. Sie hatte die Geburt gut überstanden und wollte so schnell wie möglich auf ihr Zimmer. Die Hebamme und der Arzt vereinbarten mit ihr, dass sie noch zwei Tage bliebe, weil dann die U2 von Marika sei und sie selbst auch noch eine Nachuntersuchung bekäme. Robert war jeden Tag längere Zeit zu Besuch und kümmerte sich liebevoll um seine kleine Tochter namens Marika. Die zwei Tage vergingen wie im Fluge. Die beiden Untersuchungen waren unauffällig, und Katja durfte mit Marika nach Hause. Sie wollte nicht von Robert heim gefahren werden, deshalb holten sie ihre Eltern ab. Katja war doch noch nicht so fit, wie sie sich es erhoffte. Die Nächte in der Klinik waren anstrengend, weil Marika ständig wach war und weinte. Katja kam nicht zur Ruhe. Ihre Hebamme kündigte schon einmal an, dass die nächsten Wochen nicht leicht werden würden. So war es auch, die Nächte waren kurz, Erholung gab es kaum, es drehte sich alles um das Kind, essen, schlafen, windeln. Katja war sehr genervt von der allgemeinen Situation. Sie hatte keine Zeit mehr für sich, sah fertig aus und sehnte sich nur nach Schlaf. Sie war überfordert, fühlte sich unsicher und stand völlig neben sich. Sie selber weinte auch sehr viel, weil es genau das war, was sie nie wollte. Robert stand ihr die ganze Zeit zur Verfügung, er unterstützte sie, wo er nur konnte. Es war ihm nichts lieber als seine Tochter Marika. Seine Prüfungen hatte er mittlerweile mit Bravour bestanden, und er war jetzt ein richtiger, offizieller Pilot. Robert erzählte jedem, wie stolz er sei, Papa einer wunderschönen Tochter sein zu dürfen. Er hatte auch immer ein Foto von Marika dabei. Dieses schaute er bei jeder Gelegenheit an und war einfach nur stolz wie Bolle. So vergingen die Monate. Robert war jetzt viel beruflich unterwegs. Somit konnte er Katja weniger unterstützen. Sie verlangte dafür noch einmal einen ordentlichen finanziellen Nachschub, um diese Zeit auszuhalten und zu stemmen. Robert sah keine andere Möglichkeit und zahlte ihr nochmals 5000 €. Er wollte, dass es Marika gut gehe. Robert hatte echt gute Kontakte geknüpft, sodass er mit seiner Karriere die Leiter steil nach oben stieg. Er übte seinen Beruf mit Leib und Seele aus. Er lernte immer mehr Leute kennen und wurde immer als sehr gut weiterempfohlen. Dadurch bekam er einen Namen in der gehobeneren Klasse der VIPs. Inzwischen hatte Marika ihren ersten Geburtstag, der wurde leider nicht gefeiert, weil Robert wieder unterwegs war, und Katja empfand keinen Anlass, ihn zu feiern. Für sie war das einzig Positive an Marikas Alter, dass sie endlich in die Krippe konnte. Katja hatte gleich damals, nach ihrer Geburt, einen Vollzeitplatz angemeldet. Marika entwickelte sich in ihrem ersten Lebensjahr hervorragend, obwohl sie ohne Liebe der Mutter aufwuchs und ihren Vater kaum sah. Sie konnte sich schon an Gegenständen hochziehen und krabbelte wie eine Weltmeisterin. Zum Laufen fehlte auch nicht mehr viel. Sprechen, konnte sie die Basics, Mama, Papa, Oma, Opa, Auto u. v. m. Die Eingewöhnungszeit in der Krippe war anfangs ein bisschen schwer. Jeden Morgen, wenn Katja Marika abgegeben hatte, gab es kurzzeitig Tränen. Marika ließ sich aber schnell ablenken und wieder beruhigen. Man hatte das Gefühl, dass sie gerne dort war. Sie entwickelte sich auch sehr gut und arrangierte sich. Sie lernte das Laufen, das selbstständige Essen, den Umgang mit anderen Kindern, und mit zwei Jahren war sie dann auch sauber und konnte auf die Toilette gehen. Marika war ein sehr aufgeschlossenes, schnell lernfähiges, fröhliches Kind. Ihre Erzieherinnen hatten auch eine engere Bindung zu ihr, weil sie ihre Geschichte kannten, und deswegen wurde sich etwas mehr um Marika bemüht und gekümmert. Das kleine Mädchen wurde zum Liebling der Erzieherinnen. Sie war total niedlich. Sie hatte dunkle, längere Haare, die zu zwei Zöpfen zusammengebunden waren. Ihre Augen waren groß, ausdrucksstark und leuchtend blau. Sie war auch immer gut gekleidet, das war das einzig Gute, was Katja ihr mitgab, ihr modebewusster Stil. So verging die Zeit. An Marika ging diese gesamte Situation nicht spurlos vorbei, denn umso älter sie wurde, je mehr bekam sie davon mit. Leider hatte sich dies auf ihr Hautbild widergespiegelt, denn sie hatte einen Hautausschlag entwickelt und kratzte sich oft blutig. Katja war deswegen mit ihr beim Arzt, und dort stellte man fest, dass Marika eine Neurodermitis entwickelt hatte.

Dies war hauptsächlich psychisch verursacht worden, aber das war Katja egal. Sie wusste ja, wo das Problem lag, doch sie sah keinen Anlass, irgendetwas zu ändern. Sie hatte eine Salbe bekommen, womit sie Marika immer eincremen sollte. Auch Robert war darüber informiert, und er konnte leider auch nichts weiter tun, als sie einzucremen. Robert holte Marika sehr oft aus der Krippe ab und kümmerte sich dann den ganzen Nachmittag um sie. Er versuchte, so viel Zeit wie möglich mit Marika zu verbringen. Für Katja war es nach wie vor eine große Belastung, dieses Kind zu haben.

« Kapitel 2 »

Als Marika dann drei Jahre wurde, durfte sie in die Kindergartengruppe wechseln. Das Gute daran, sie konnte noch länger dortbleiben als sie eh schon war. Marika war früh das erste und nachmittags das letzte Kind, das dort war. Eines Tages hatte Robert einen riesigen Auftrag bekommen. Er sollte Michael Jackson nach L. A. fliegen, und ihm wurde angeboten, dass er mit dortbleiben und ihn dann dort auch immer zu wichtigen Terminen fliegen sollte. Für Robert war das eine große Chance, die er unbedingt wahrnehmen wollte. Dieser Auftrag würde ihm einen ordentlichen Batzen Geld einbringen. Er sah nur ein großes Problem: Wie sollte er Katja erklären, dass er vier Wochen am Stück nicht da sein und sie in dieser Zeit auch nicht unterstützen konnte? Er hatte echt große Bedenken wegen Marika. Robert nahm seinen Mut zusammen und fuhr zu Katja nach Hause, als er Marika wieder abgeben wollte. Er war etwas aufgeregt und nervös. Robert wusste nicht, welche Worte er nutzen sollte. Er fing einfach an mit „Katja, ich habe ein wichtiges Anliegen! Bitte, lass mich erst ausreden! Danach können wir gerne alles klären und darüber reden." Katja schenkte ihm vollste Aufmerksamkeit und hörte ihm zu. Robert erzählte stolz, was er für einen riesigen Auftrag an Land gezogen hatte und dass er es selber nicht fassen konnte, dass es so war! Dann kam der Haken an der ganzen Sache. Er wurde auch etwas leiser und meinte: „Ich bin dann für ganze vier Wochen weg und steh auch nicht zur Verfügung, wenn irgendetwas wäre! Ich zahle dir, aber gerne dafür eine größere Entschädigung, wenn du mir versprechen kannst, dass du auf meine Marika aufpasst." Katja war schockiert und sagte: „Ganze vier Wochen soll ich das alleine hier mit dem Kind stemmen? Das ist für mich unvorstellbar." Robert versuchte, es ihr schönzureden. „Du hast doch deine Eltern hier, und Marika ist eh den ganzen Tag im Kindergarten. Die Wochenenden wirst du schon irgendwie rumbekommen." Robert zahlte ihr noch mal 5000 € und sagte, es gehe in zwei Wochen los. Katja blieb ja nichts anderes übrig, als es zu akzeptieren. Robert verabschiedete sich und sagte: „Morgen hole ich dann Marika wieder ab." Für Katja war es so schrecklich, dass sie sich etwas überlegte. Sie ging zum Kinderarzt und beantragte eine Kur, nur für Marika. Dieser Antrag wurde genehmigt, weil Marikas Haut echt schlimm war. Katja war insgeheim so froh darüber. Sie erzählte Robert nichts davon und freute sich über die kommende, freie Zeit. An dem Freitag, bevor Robert flog, bat er Katja, Marika über das Wochenende zu nehmen und sie ihr dann am Sonntagabend zurückzubringen. Gesagt, getan.

Am Sonntagabend brachte Robert Marika dann zu Katja. Sein Herz blutete, weil er fand, dass vier Wochen ohne seine Tochter lang werden und er sie extrem vermissen würde. Er knuddelte Marika noch einmal, gab ihr dann einen Kuss und sagte: „Papa kommt bald wieder! Ich liebe dich über alles, mein Kind." Er gab sie in Katjas Obhut und fuhr dann nach Hause. Am nächsten Morgen flog Robert mit Michael nach L. A. Katja brachte Marika in den Kindergarten und fing an, alles für Marikas Kur vorzubereiten. Eine Woche später fuhr Katja mit Marika in die Stadt zum Bahnhof. Dort war der Treffpunkt, wo alle Kinder für die Kur abgegeben wurden. Katja übergab Marika an eine Erzieherin. Sie verabschiedete sich so, dass es den Anschein machte, es fiele ihr schwer, Marika zurückzulassen. Die Erzieherin stieg mit Marika in den Zug. Jede Erzieherin bekam fünf Kinder zugeteilt. Marikas Erzieherin sagte noch zu Katja: „Es besteht absolutes Besuchsverbot, und es wäre auch besser, in dieser Zeit nicht anzurufen!" Für die Kinder wäre es erträglicher, wenn sie in den sechs Wochen nichts zu hören und auch niemanden von ihren Angehörigen zu sehen kriegten. Für Katja war es das Beste, was sie je hören konnte. Sie freute sich so auf die nächsten sechs Wochen. Robert brauchte sie auch zunächst nichts davon zu erzählen, weil er ja erst eine Woche weg war und noch drei weitere Wochen folgten. Danach musste sich Katja einen Kopf machen, wie sie das rechtfertigen würde, aber bis dahin war ja noch genug Zeit. Katja wartete, bis der Zug endlich losrollte. Marika wusste gar nicht, was ihr geschah. Sie weinte und rief nach ihrer Mama. Ihre Erzieherin versuchte, sie zu trösten. Davon bekam Katja schon nichts mehr mit. Als der Zug dann nicht mehr zu sehen war, fuhr Katja mit dem Bus wieder nach Hause. Ihren Eltern verkaufte sie die Story so, dass Marika die nächsten Wochen bei Robert sei. Sie hatte jetzt eine tolle Zeit vor sich. Mit Robert hatte sie nur Kontakt über Nachrichtenschreiben, weil Katja zu ihm sagte, wenn er anrufe, sei es für Marika schlimmer. Sie wolle nicht, dass Marika unnütz leide. Katja war echt eiskalt und unberechenbar!

Robert wollte keinen weiteren Aufstand machen und gab sich damit zufrieden. Er dachte, dass sich Katja gut kümmerte und auf seine Tochter gut aufpasste. Katja genoss die nächsten Wochen, es war für sie richtig herrlich. Kein Kind, dass ihre Nerven strapazierte, kein Mann, der ihr auf den Sack gehen konnte. Nichts und niemand. Sie verbrachte einfach ihren Tag, wie sie es für richtig hielt. Katja fuhr auch wieder öfters in die Stadt, um zu shoppen. Sie hatte ja von Robert einen guten Geldbetrag bekommen. Dann ging sie wieder häufiger in ihr Café Heimathafen, um dort wie früher einen Kaffee zu trinken. Sie schlief auch viel und genoss ihr Leben wie damals vor dem Kind. Robert meldete sich einmal am Tag bei Katja, um nach dem Rechten zu fragen. Katja schrieb immer was Positives, sodass er nie hätte denken können, es passte was nicht. Für Robert lief es in L. A. auch bestens, er war gut beschäftigt und hatte immer zu tun. Er traf viele neue Leute, unter anderem auch eine sehr nette, gut aussehende junge Frau. Sie war eine Amerikanerin, ihr Name war Kelly. Sie war gelernte Stewardess und wollte sich wie Robert alleine was aufbauen und sich selbstständig machen.

Kelly war wirklich sehr attraktiv. Sie lernten sich am Flugplatz kennen. Kelly konnte sehr gut Deutsch sprechen, da sie diese Sprache wegen ihres Berufs erlernte. Robert fand Kelly so toll, dass er sie einmal bat, mit ihm zu fliegen. Kelly war Robert auch nicht abgeneigt, denn er war ja ein sehr attraktiver Mann. Auf ihrem ersten Flug, unterhielten sie sich pausenlos. Sie hatten ja ein gemeinsames Thema, was ihre Arbeit betraf. Beide zeigten für den anderen großes Interesse. Kelly erzählte, dass sie nach Deutschland möchte, um dort einen Neuanfang zu starten. Robert berichtete ihr, dass er aus Deutschland sei und eh Ende der Woche wieder zurückfliegen musste. Er fragte Kelly: „Magst du nicht einfach gleich mitkommen? Ich würde dir alles zeigen und dich meinen Kollegen vorstellen, die eine Stewardess bräuchten.“ Kelly fand die Idee richtig super, sie war hellauf begeistert. Somit sparte sie sich schon mal den Flug nach Deutschland, und das Beste daran war, sie kannte schon jemanden aus der Branche. Des Weiteren erwähnte Robert voller Stolz seine kleine Tochter Marika. Kelly war ganz angetan von der kleinen Marika, als Robert ihr ein Foto zeigte. Robert spielte auch gleich mit offenen Karten und klärte Kelly über die Gesamtsituation mit der Mutter von Marika auf und versicherte ihr, dass da nichts mehr laufe zwischen ihnen. Robert meinte: „Wo wir gerade beim Thema sind, schreibe ich doch gleich mal Katja, um ihr zu sagen, dass ich am Freitag wiederkomme!“ Für Kelly war das völlig in Ordnung. Sie sah in dem Thema kein Problem. Robert nahm sein Handy und schrieb: „Hallo Katja, ich hoffe, Marika und dir geht es gut. Die Zeit ist jetzt bald überstanden. Am Freitag werde ich wieder im Lande sein, aber ich weiß noch nicht genau, wann es sein wird. Ich würde dann gleich am Samstag zu euch kommen und mir Marika abholen. Ich möchte sie auch gerne übers Wochenende behalten und am Montag in den Kindergarten bringen. Somit hast du ein freies Wochenende und noch Zeit für dich.“ Als Katja diese Nachricht bekam, wurde ihr etwas flau im Magen, denn spätestens am Samstag erfuhr Robert alles. Sie antwortete ihm: „Ja, das ist eine gute Idee. Dann einen guten Heimflug und bis Samstag.“ Die restliche Woche verging in L. A. sehr schnell, Robert arbeitete viel und war dauerhaft im Flieger unterwegs. Kelly bereitete sich währenddessen auf die Reise nach Deutschland vor. Sie suchte auch alle Unterlagen zusammen, die sie für die Vorstellung brauchte. Am Freitagmorgen trafen sich Robert und Kelly am Flugplatz. Michael hatte noch mehrere Termine bekommen und blieb somit in L. A. Deswegen flogen Kelly und Robert alleine zurück nach Deutschland. Beide genossen die Zeit zu zweit. Robert hatte schon einen Plan, wie er wann und was machen wollte. Er bot Kelly an, dass sie bei ihm wohnen könne.

Robert hatte ja die große Penthousewohnung und deswegen auch viel Platz. Kelly nahm das Angebot dankend an. Als sie am Flugplatz in Deutschland landeten, führte Robert Kelly erst mal rum und zeigte ihr alles. Er stellte sie auch bei seinen Kollegen vor und machte sie miteinander bekannt. Kelly kam sehr gut an. Da der Flugplatz nicht mit einem Flughafen zu vergleichen war, befanden sich dort nur kleinere Privatjets. Kelly wurde sofort ein Auftrag angeboten. Sie sollte als Stewardess mit nach Amerika, in den Staat Süd Dakota fliegen. Til, so hieß einer der Piloten, sollte am Montag Kevin Costner zum Set fliegen. Kevin drehte den Film „Der mit dem Wolf tanzt". Dieser Film war auf einer großen Büffelranch geplant. Dort war es auch möglich zu landen. Kevin äußerte bei der Buchung, dass er gerne eine private Stewardess dabeihaben wollte. Da der Flug etwas länger dauern würde, wollte Kevin eine Bewirtung und u. a. auch Unterhaltung haben. Til konnte ihm bei der Buchung dieses leider nicht zusagen. Umso schöner wäre es, wenn Kelly jetzt den Auftrag annehmen würde und Kevin doch noch die Info erhielte, dass er eine Stewardess bekäme. Kelly war so begeistert, dass sie zusagte. Robert freute sich für Kelly und sagte: „Dann ist ja der Anfang schon einmal gemacht! Jetzt fahren wir nach Hause und lassen den Abend ausklingen." Kelly und Robert stiegen in seinen weißen BMW und fuhren los. Als sie ankamen, zeigte ihr Robert seine Penthouse-Wohnung. Kelly fand alles sehr toll und fühlte sich sofort wohl bei ihm. Robert erwähnte: „Ich gebe kurz Katja Bescheid, dass ich gut gelandet bin, und dann widme ich dir meine komplette Aufmerksamkeit." Kelly war total fertig von dem Tag. Sie ging ins Bad und äußerte zu Robert: „Ich gehe schon mal in die Dusche, du kannst ja gerne nachkommen!" Das war ja mal eine Einladung. Kelly und Robert waren sich bis dato noch nicht nähergekommen. Robert schrieb schnell die Nachricht und folgte dann Kelly in die Dusche. Sie näherten sich an, seiften sich gegenseitig ein und hatten ständig die Hände beim anderen. Es fielen heiße Blicke, Komplimente, und sie knutschten heftig rum. Beide genossen es sehr. Es wurde so intensiv, dass es sogar zum Sex kam. Danach legten sie sich auf die Couch. Robert hatte schon einen Rotwein zurechtgestellt. Sie erzählten noch bis in die Nacht hinein, als sie beide einschliefen. Am nächsten Morgen wachten sie relativ spät auf. Es war schon fast mittags. Robert zog sich an, machte Kelly einen Kaffee und brachte ihn ihr. Sie waren beide noch ein bisschen müde und kaputt. Robert besprach mit Kelly, dass er jetzt gleich zu Katja fahren möchte, um Marika zu holen. Er würde es besser finden, wenn Kelly nicht mitkäme. Er war schon voller Vorfreude, sie endlich wiederzusehen und zu knuddeln. Für Kelly war das völlig in Ordnung, sie sagte zu ihm: „Na klar, mach das!" Robert bedankte sich für ihr Verständnis und gab ihr einen Kuss. Er streichelte ihr übers Gesicht und flüsterte ihr ins Ohr: „Schön, dass wir uns kennengelernt haben! Ich könnte mir mit dir mehr vorstellen." Kelly schmunzelte ihn an und antwortete: „Ich auch!" Robert war richtig glücklich darüber. Er zog sich an und ging zu seinem BMW runter. Auf dem Weg zu Katja wurde die Freude auf Marika immer größer. Er konnte es kaum noch erwarten. Als er bei Katja ankam, stieg er aus und klingelte. Katja öffnete ihm die Tür. Sie begrüßten sich mit einem Hallo und einer Umarmung. Katja bat ihn, mit nach oben zu kommen. Robert fragte schon auf dem Weg, nach oben, ob es Marika gut gehe. Er öffnete die Tür zur Wohnung und rief: „Marika, der Papa ist wieder da, wo bist du denn?" Es kam keine Antwort zurück, und es war auch kein Geräusch zu hören, dass sie eventuell angelaufen käme. Robert drehte sich zu Katja und schaute sie fragend an. „Wo ist sie? Wo ist Marika?" Katja zeigte zur Couch und sagte: „Setz dich bitte, ich muss dir was sagen!“ Robert war fassungslos und meinte in einem herberen Ton: „Ich setze mich jetzt nicht, ich möchte jetzt sofort wissen, wo meine Tochter ist!“ Katja wurde etwas nervös und fing an mit: „Na ja, sie ist nicht hier, und sie wird auch noch zwei Wochen lang weg sein.“ Roberts Blick erstarrte, er war geschockt. „Was hast du mit meiner Tochter gemacht? Das gibt es doch nicht!“ Katja merkte, dass Robert sich nicht setzen wollte. Sie fing an zu erzählen: „Für mich war das alles nicht einfach, und ich war überfordert. Ich hatte keinerlei Unterstützung, und du weißt, wie ich zu Marika stehe. Ich war dann beim Kinderarzt und habe für Marika eine Kur beantragt.“ Robert unterbrach sie: „Eine Kur, und für dich war es nicht einfach?“ Er war völlig fassungslos. Währenddessen kamen Fragen über Fragen. „Wo hast du sie jetzt hingebracht? Wann hast du die Kur beantragt? Wieso hast du mich nicht gefragt, was ich davon halte? Seit wann stand das alles fest? Und was war der Grund, dass eine Kur so schnell genehmigt wurde?“ Katja versuchte Robert etwas zu beruhigen, aber es war nicht möglich. Sie konnte sich nur weiter erklären und versuchen, ihm alle Fragen zu beantworten. „Robert, als du mir sagtest, dass du vier Wochen nach Amerika musst, habe ich komplett schwarz gesehen.“ Robert unterbrach sie erneut. „Es ist mir alles voll egal, was du denkst und mir noch sagen willst. Mich interessiert jetzt nur noch, wo ist meine Tochter?“ „Sie ist an der Ostsee, dort ist sie noch weitere zwei Wochen, und es herrscht dort absolutes Besuchsverbot.“ Robert hatte es die Sprache verschlagen, er sagte in einem sehr bösen Ton: „Das hat noch ein Nachspiel für dich!“ Ihm schossen die Tränen in die Augen, so sehr tat es ihm weh, was er da gerade zu hören bekam. Robert fuhr fort: „Es gibt bestimmt eine Telefonnummer, über die man die Erzieher erreichen kann! Gib sie mir, sofort!“ Katja, gab sie ihm, aber sie meinte dazu, es solle auch keiner anrufen, weil es nicht gut für Marika sei! Nicht gut für Marika?

Robert war so wütend und schrie Katja an: „Aber das, was du Marika antust, ist gut, oder wie????“ Er knallte die Tür hinter sich zu, rannte im Schnellschritt runter zum Auto und fuhr los. Er war völlig aufgelöst und musste auch weinen. Als er daheim ankam, musste er erst mal seine Tränen aus den Augen wischen. Er versuchte sich zu beruhigen und atmete tief ein und aus. Es half aber nichts. Er ging dann hoch zu Kelly. Sie sah ihm gleich an, dass was nicht passte, und fragte: „Wo ist Marika?“ Robert schossen erneut Tränen in die Augen. Kelly sagte: „Oh Gott, was ist los, was ist passiert?“ Robert ging in die Küche und setzte sich, er bat Kelly um ein Glas Wasser. In der Zeit griff er zum Telefon und wählte die Nummer. Er holte noch einmal tief Luft. Er zitterte richtig. Es ging eine Erzieherin ran. Robert fragte sofort: „Ist es möglich, dass ich Marika vorzeitig abholen kann?“ Die Erzieherin machte Robert klar, dass es nicht ginge. „Es sind sechs Wochen vereinbart, und es gibt keine Möglichkeit, die Kur vorher zu beenden.“ Robert schilderte kurz die Situation, dass er nichts davon wusste und total außer sich sei. Die Erzieherin wiederholte sich und sagte: „Es tut mir wirklich leid, aber das ist nicht machbar! Sie müssen jetzt noch zwei Wochen warten, und dann können Sie gerne Marika selber abholen. Sie können auch zum Bahnhof kommen, wo wir dann eintreffen werden.“ Robert war fix und fertig und bat ein letztes Mal um eine schnellere Lösung. Es war aber keine Umsetzung möglich.

Somit legte er wieder auf und wirkte sehr in sich gekehrt. Kelly bekam das Telefonat mit. Sie streichelte ihm über die Beine und fragte mit sanfter Stimme: „Was ist denn los?“ „Du wirst es nicht glauben, Katja hat meine Marika, einfach so, für sechs Wochen an die Ostsee zur Kur geschickt. Das Schlimmste daran ist, sie hat mich nicht einmal um Erlaubnis gebeten bzw. mir nicht einmal gesagt, dass sie es vorhatte, und noch viel schlimmer ist es für mich, dass ich nichts tun kann für mein Kind. Marika muss dort noch zwei Wochen bleiben.“ Robert hoffte so sehr, dass es ihr gut ging. Kelly sagte: „Es geht mich ja nichts an, aber warum ist Marika in die Kur geschickt worden?“ Robert wollte kurz ein paar Minuten für sich haben, er ging eine Runde raus, um durchzuschnaufen. Als er wiederkam, setzte er sich zu Kelly und erzählte ihr die ganze Situation. Wie es zu Marika kam, wie Katja dazu stand, wie alles Weitere zustande kam, die Sache mit dem Geld und dass Marika schon darunter sehr litt, weil sie eine Hauterkrankung entwickelt hatte. Robert sprach alles aus, was ihm auf dem Herzen lag. Kelly merkte, wie sehr es Robert mitnahm. Es war kein schöner Anblick, ihn da so sitzen zu sehen. Kelly schlug vor, noch einmal gemeinsam an die frische Luft zugehen, um den Kopf etwas frei zu bekommen. Dies taten sie dann auch. Nach dem Spaziergang machten sie sich noch etwas zu essen und verbrachten einen ruhigen Abend. In der Nacht schreckte Robert auf, und er schwitzte fürchterlich. Er hatte von Marika geträumt, dass sie in der Ostsee ertrunken war. Robert war so fertig, dass er nicht mehr schlafen konnte. Er lag bis morgens wach im Bett und machte sich Gedanken, wie es mit Marika und der ganzen Situation weitergehen sollte. Am Sonntagmorgen deckte er, für sich und Kelly, den Frühstückstisch. Robert berichtete Kelly, was er geträumt hatte und dass es so nicht weitergehen konnte. Er sagte zu Kelly: „Ich habe die ganze Nacht wach gelegen und überlegt, was ich machen, könnte! Ich kam zu dem Entschluss, dass ich Marika in zwei Wochen selbst von der Ostsee, abholen werde und sie dann für immer zu mir nehme. Dafür muss ich aber noch vieles klären und organisieren. Eins steht fest, ich werde meine Tochter nie wieder dieser Frau überlassen.“ Kelly war selber total geschockt, wie man so was seiner eigenen Tochter antun konnte. Robert und Kelly versuchten sich den Sonntag noch schön zu gestalten. Am Montagmorgen brachte Robert Kelly zum Flugplatz und verabschiedete sich. Er wünschte ihr einen guten Flug und sagte ihr noch: „Denk daran, jeder Start ist freiwillig, jede Landung dafür ein Muss!“ Sie küssten sich noch einmal, und dann stieg Kelly aus dem Auto. Sie flog, mit Til und Kevin, nach Dakota zum Drehort. Robert fasste derweil klare Gedanken, er hatte sich vorgenommen, zum Jugendamt zugehen, um sich beraten zu lassen. Die Dame vom Jugendamt brachte ihn auf die Idee, sich schriftlich an das Familiengericht zu wenden, um dort das alleinige Sorgerecht zu beantragen. Robert fand die Idee super, und er setzte es gleich am nächsten Tag um. Er fuhr höchstpersönlich zum Familiengericht. Dort wurde alles aufgenommen.

Robert wurde versichert, dass es nun circa sechs Wochen dauern würde, bis alles in trockenen Tüchern wäre. Dass er eine Zusage bekommen würde, hatte er schon erfahren. Er musste dann noch zu Katja fahren, weil sie einige Unterlagen unterschreiben musste und es damit bestätigte. Katja hatte es etwas die Sprache verschlagen, als Robert damit ankam. Sie zögerte aber nicht lange und unterschrieb alles, ohne Einwände. Robert sagte abschließend zu ihr: „Ich werde Marika selber abholen und sie dann gleich mit zu mir nehmen! Du wirst sie nicht mehr wiedersehen. Ich bitte dich, alle Sachen zu packen, was du mir für sie geben kannst. Ich komme Ende der Woche noch einmal her und werde dann alle Sachen abholen.“ Für Katja war es eine Wohltat, und sie meinte: „Du kannst alles haben, was du brauchst, ich bin froh, wenn ich davon nichts mehr sehen muss!“ Katja war richtig erleichtert, dass es ein Ende hatte. Sie hatte auch gar kein Verlangen mehr, Marika noch einmal zu sehen. Für sie war das Thema beendet. Katja war eiskalt und herzlos. Robert war fassungslos, und es bestätigte ihn noch mehr, alles richtig gemacht zu haben. Sie verabschiedeten sich und verblieben so, dass Robert Ende der Woche kommen würde, um die Sachen zu holen. Robert brachte noch am selben Tag die Unterlagen zum Familiengericht, er wollte, dass alles schnell uber die Bühne ging. Dort meinten sie, es könnte eventuell schneller gehen, weil die Mutter, ohne Einwände, eingewilligt hatte. Darüber freute sich Robert umso mehr. Die Tage vergingen. Kelly war auch wieder zurück. Sie hatte ihre Arbeit sehr gut gemacht, dass andere Kollegen von Robert es sich auch vorstellen konnten, sie mitzunehmen. Kelly beschloss auch, erst mal in Deutschland zu bleiben, und fragte Robert, ob es möglich wäre, bei ihm weiterhin zu wohnen. Robert war hin und weg. Er erhoffte sich, dass sie zusammenkommen würden. Robert erzählte Kelly, was er alles erreicht hatte und was in nächster Zeit anstehen würde.

Kelly bot ihre vollste Unterstützung an und gab Robert die Bestätigung, alles richtig zu machen. Für Robert war es eine

Wohltat. Jetzt musste er nur noch beruflich schauen, wie er alles unter einem Hut kriegen würde. Kelly sagte zu ihm: „Jetzt mach dir mal keinen Kopf, wir werden das schon hinbekommen!“ Am Freitag fuhr Robert ein letztes Mal zu Katja, es verlief unkompliziert. Katja hatte, wie besprochen, alles zusammengesucht und Robert schon alles unten hingestellt. Robert lud alle Sachen ein, sagte zu Katja: „Na dann!“, und fuhr davon. Er hoffte, diese Frau so schnell nicht mehr sehen zu müssen.

« Kapitel 3 »

Eine weitere Woche verging. Robert und Kelly richteten seine Wohnung so ein, dass sich die kleine Marika wohlfühlen konnte. Es war Donnerstag, Kelly hatte Robert den Vorschlag gemacht, ob es nicht möglich wäre, mitzufahren. Sie würde es auch gut finden, wenn sie einen Tag eher zur Ostsee fahren würden und sich ein Zimmer buchten, um dort zu schlafen. Robert fand die Idee nicht schlecht. Sie hatten sich ein Zimmer, mit einem Frühstück dazu, gebucht. Von der Erzieherin wusste Robert, dass Marika erst um 10 Uhr abgeholt werden durfte. Somit machten sich Robert und Kelly mit dem Auto auf den Weg zur Ostsee. Sie machten nur eine Pause, Robert war so nervös und angespannt, dass Kelly sagte: „Komm, setz du dich auf den Beifahrersitz, ich fahre weiter!" Robert zögerte nicht lange und tat es auch. Es war ja auch nicht mehr weit bis zum Ziel. Als sie ankamen, brachten sie kurz ihre Taschen ins Zimmer und gingen dann zum Strand. Die Luft war so gut, das Geräusch der Wellen und der Möwen zu hören ließ beide etwas runterkommen. Sie zogen ihre Schuhe aus und gingen mit den Füßen ein bisschen ins Wasser. Das Wasser war noch recht kalt, aber es tat gut. Robert sagte zu Kelly: „Komm, lass uns ein bisschen den Strand entlanglaufen, um den Kopf etwas frei zu kriegen." Kelly nahm Roberts Hand und lehnte ihren Kopf an seine Schulter. Sie antwortete: „Alles, was du willst, ich möchte, dass es dir gut geht!" Diese Worte lösten bei Robert ein tiefes Seufzen aus. Sie genossen die Zeit am Meer. Zur späteren

Stunde ging dann auch die Sonne unter. Es sah herrlich aus, diese bunten Farben über dem Meer. Sie gingen zurück zum Hotel, aßen dort zu Abend und nahmen sich eine Flasche Rotwein mit aufs Zimmer. Robert wusste schon, dass er nicht schlafen würde, weil seine Gedanken kreisten. So war es dann auch, er lag die ganze Nacht wach und dachte sich, ob es irgendwas bei Marika verursachte, was Katja ihr da angetan hatte. Am Morgen gingen sie zum Frühstück, Robert sagte: „Ich kann nichts essen, ich kriege nichts runter." Wahnsinn, wie sehr die Situation Robert mitnahm. Kelly sollte aber in aller Ruhe frühstücken, da es eh erst 9 Uhr war. Als Kelly fertig war, checkten sie aus und fuhren mit dem Auto zur Kureinrichtung. Robert stieg aus und bat Kelly, zu warten. Dann ging er in das Gebäude rein. Robert war echt total nervös, aber voller Vorfreude auf seine Marika. Eine Erzieherin hatte ihn schon kommen sehen. Sie empfing ihn und fragte: „Sie sind der Papa von Marika?" „Ja, das bin ich, und ich möchte sie gerne abholen." „Sie müssten mir Ihren Personalausweis zeigen, sonst könnte ja jeder kommen und sagen, ich bin der Vater von der oder der." Robert holte seinen Ausweis aus dem Geldbeutel und fragte schon: „Wo ist denn meine Marika?" Er konnte es kaum noch erwarten, dass er sie gleich in den Arm nehmen durfte. So, noch eine Unterschrift bitte, und dann ist auch schon alles erledigt. Die Erzieherin brachte Robert eine Etage höher, und da saß Marika an einem Tisch mit anderen Mädchen und malte. Robert rief schon von Weitem: „Marika, der Papa ist da!" Marika erkannte die Stimme und drehte sich zu ihm. Sie sprang auf und schrie ganz laut: „Papa, Papa, Papa." Robert schossen vor Glück gleich Tränen in die Augen. Er nahm Marika hoch und knuddelte sie gescheit. Marika umschlang ihn und sagte erneut: „Mein Papa!" Nachdem sie gefühlt eine Ewigkeit geknuddelt hatten, sagte Robert: „Komm, wir holen deine Sachen, und dann fahren wir nach Hause, mein Kind!" Die Erzieherin brachte alle Sachen, sagte Marika Auf Wiedersehen und bestätigte Robert noch einmal, dass die Kur für Marikas Haut sehr viel gebracht hatte. Sie meinte auch, dass sie jetzt vorerst nicht mehr eingecremt werden müsse. Sie erwähnte zudem, dass Marika ein sehr besonderes Kind sei. Sie ist sehr herzlich, aufgeschlossen und fände schnell Anschluss zu anderen Kindern. Da habe sie hier ganz andere Kinder in der Kureinrichtung. Das machte Robert sehr stolz. Er bedankte sich bei der Erzieherin, nahm seine Marika sowie ihre Sachen und ging dann zum Auto. Auf dem Weg dorthin erzählte Robert, dass im Auto eine Frau sitze. Sie heiße Kelly und sei eine sehr gute Freundin von Papa. Kelly stand schon vor dem Auto und hatte bereits den Kofferraum geöffnet. Sie nahm Robert gleich die Taschen ab. Robert nahm Marika auf den Arm und knuddelte sie die ganze Zeit. Er sagte zu ihr: „Schau, mein Kind, das ist Kelly!“ Marika lächelte sie an, das empfand Kelly so süß, sie war gleich richtig entzückt von Marika. Kelly sagte: „Na, du kleine Maus, du strahlst ja wie die Sonne!“ Robert antwortete ganz stolz: „Ja, sie ist ja auch meine Tochter!“ Er bat Kelly darum, dass sie doch bitte auf dem Heimweg fahren solle. Somit konnte er bei Marika hinten sitzen und sich mit ihr beschäftigen. Für Kelly war das völlig in Ordnung, und somit fuhren sie dann in Richtung nach Hause. Sie machten unterwegs eine Pause. Robert sah von der Autobahn aus ein Café mit einem dazugehörigen Spielplatz. Marika konnte sich dort etwas austoben. Sie aßen auch etwas und fuhren dann weiter. Umso näher sie dem Ziel kamen, hatte Robert Bedenken, dass Marika nach Katja fragen würde, aber es geschah nicht. Nach nochmaligen zwei Stunden Autofahrt kamen sie endlich an. Robert nahm das Gepäck, und Marika griff erstaunlicherweise nach Kellys Hand. Kelly fühlte sich geschmeichelt, weil Marika scheinbar zu ihr Vertrauen fasste. Sie gingen alle drei hoch in Roberts Wohnung. Marika erkannte sofort ein paar Spielsachen wieder. Sie fing gleich an damit zu spielen. Robert verblüffte es immer noch, dass Marika nicht nach Katja fragte. Auch Kelly war darüber sehr überrascht. Sie meinte nur leise zu Robert: „Da sieht man ja, welch Liebe Katja Marika vermittelte, dass das Mädchen mit keiner Silbe nach ihr fragt. Robert, sei doch einfach froh darüber, umso leichter wird es doch!“ Robert bejahte es mit einem „Eventuell hast du recht, Kelly“.

Sie packten in aller Ruhe aus und genossen den Anblick von Marika, die total friedlich mit ihren Sachen spielte. Robert hatte für Marika schon immer ein Zimmer gehabt, auch dieses haben sie etwas verändert. Er kaufte ihr ein weißes Hochbett mit integrierter Rutsche und brachte dort noch einen Betthimmel drüber an. Als Marika im Wohnzimmer fertig war mit Spielen, lief sie in ihr Zimmer und rief: „Papa, Rutsche!" Robert war richtig erleichtert, weil Marika keinerlei Veränderungen aufwies. Sie war genauso, wie er sie in Erinnerung behalten hatte. Robert beschäftigte sich noch den restlichen Tag mit Marika. Abends badete er sie dann und brachte sie behutsam ins Bett. Kelly und Robert quatschten noch ein bisschen und gingen dann auch ins Bett. Das Wochenende verging wie im Fluge. Sie waren viel draußen, aßen gut, kuschelten viel und einfach, genossen die Zeit zu dritt. Roberts Anspannungen und Sorgen fielen von ihm ab. Am Montagmorgen brachte Robert Marika wieder in den Kindergarten. Dort freuten sich alle, sie wiederzusehen. Robert klärte die Erzieherinnen gleich über die neue Situation auf und machte ihnen klar, dass er das alleinige Sorgerecht bekommen hatte. Nachdem er noch ein paar Formalien unterschreiben musste, waren alle Unklarheiten beseitigt. Er ging noch einmal zu Marika, knuddelte sie, gab ihr einen Kuss und sagte: „Papa, holt dich später wieder ab." Robert hatte etwas Angst, dass Marika weinen würde, wenn er ginge, aber ganz im Gegenteil. Die kleine Marika war taff, winkte und sagte: „Tschüss, Papa!" Robert war sehr erleichtert und konnte somit beruhigt fahren. Mit dem Wissen, dass es Marika gut ging, widmete er sich seiner Arbeit. Er hatte mehrere Anfragen für Flüge zur Berlinale. Dies ist eine internationale Filmfestspiel-Veranstaltung, bei der sich viele berühmte Leute treffen. Das Festival zählt zu den bedeutendsten Ereignissen der Filmbranche. Robert hatte wieder eine Anfrage von Kevin Costner, von Julia Roberts und Demi Moore. Er organisierte alles so, dass seine Marika nicht zurückstecken musste oder einen Nachteil davon hatte. Sein Kollege Til rief Robert an und berichtete ihm, dass er wieder einen Auftrag für Kelly hätte. Er musste Cindy Crawford zur Fashion Week fliegen, und dorthin könne sie mit. Dieses Event sollte in New York stattfinden. Dort würden sie dann eine Woche bleiben, um weitere Models, wie Naomi Campbell, Kate Moss oder Amber Valletta, von A nach B zu fliegen.

Robert war richtig glücklich darüber, dass es im Job so gut lief und Kelly auch so langsam Fuß fasste. Er holte dann am frühen Nachmittag Marika ab. Robert freute sich richtig auf sie. Die Erzieherin gab Rückmeldung, dass sie sich wieder gut eingefunden hatte. Robert nahm sein kleines Mädchen und fuhr mit ihr nach Hause zu Kelly. Sie machten sich zu dritt noch einen schönen restlichen Tag. Robert erzählte Kelly, dass sich Til gemeldet hatte und was er ihm berichtete. Kelly freute sich auch darüber, dass es für sie beruflich bergauf ging. So vergingen die nächsten Tage, Wochen und auch Jahre. Kelly und Robert waren mittlerweile ein Paar. Zu dritt waren sie eine richtig kleine und auch glückliche Familie. Kelly war öfters in Amerika, Robert hatte kürzere Flüge vor Ort und Marika genoss ihre komplette Schulzeit. Sie war eine sehr beliebte Schülerin und hatte auch viele Freunde.

<< *Kapitel 4* >>

Marika war inzwischen eine richtige kleine junge Dame. Sie war sechzehn Jahre. Sie hatte eine top Figur, schlank und leichte Kurven an den richtigen Stellen. Ihr Haar war schwarz, und es glänzte. Ihre Augen waren sehr markant, stechend blau, und durch das dunkle Geschminkte strahlten sie besonders. Sie kleidete sich gerne sehr feminin und ließ ihre Reize spielen. Marika hatte eine ganz besondere Ausstrahlung. Sie hatte nun einen Schulabschluss in der Tasche. Einen richtig guten Realschulabschluss. Sie beschloss, ein soziales Jahr zu machen, weil die Ausbildung zur Krankenschwester erst mit siebzehn Jahren absolviert werden durfte. In ihrer Schulzeit machte sie zwei Praktika im Krankenhaus. Diese haben sie so überzeugt, dass sie sich entschied, Krankenschwester zu werden. Für Marika war es wichtig, das verlorene Jahr nicht daheim zu vergolden, deshalb kam sie auf die Idee mit dem sozialen Jahr. Ende der zehnten Klasse fing sie mit der Fahrschule an, um einen Führerschein für eine 125er zu machen. Da ihr Papa Robert eh sehr oft unterwegs war, weil er prominente Leute von A nach B fliegen musste, war es für Marika selbstverständlich, selber zu schauen, wie sie dann zur Schule kam. Bus fahren war für Marika keine Option, weil sie länger unterwegs wäre und auch umsteigen müsste. Ihr Papa hatte ihr schon versprochen, wenn sie dann den Führerschein habe, kaufe er ihr ein Motorrad, was dann auf 125 gedrosselt wird. Den Führerschein wollte sich Marika aber selber finanzieren, weil sie auch einen gewissen Stolz hatte. Sie überlegte hin und her, wie sie neben der Schule noch Geld dazuverdienen könnte. Ihr Papa hatte ja früher auch in einem Café gejobbt und genauso wollte sie es machen. Robert hatte noch regen Kontakt mit seinem damaligen Chef Horst. Er kontaktierte ihn und erzählte ihm von seiner Tochter Marika. Da sein Chef Robert in sehr guter Erinnerung hatte, durfte Marika zum Probearbeiten kommen. An einem Freitagabend fuhr Robert mit Marika zum Café Heimathafen.

Durch das Telefonat hatte Robert schon erfahren, dass das Café jetzt mehr zu einer Bar geworden war und es auch länger als bis 22 Uhr offen hatte. Papa Robert war sehr stolz auf Marika, weil sie in seine Fußstapfen treten wollte, und es versetzte ihn gedanklich zurück, als er noch dort arbeitete. Als sie ankamen, wurden sie herzlichst von Roberts ehemaligem Chef Horst empfangen. Er war auch älter geworden, aber er war von der Art her noch genauso wie damals, vor etwa zwanzig Jahren. Robert und Horst umarmten sich wie Männer das eben so tun. Horst gab Marika die Hand und sagte zu ihr: „Du siehst deinem Papa aber sehr ähnlich, besonders die Augen!“ Marika lächelte und antwortete: „Ja, da bin ich auch sehr stolz drauf!“ Horst führte beide durch das Café und zeigte ihnen alles. Es war wirklich einiges anders und neu. Marika war hellauf begeistert, und sie versuchte es sich vorzustellen, wie ihr Papa damals hier gearbeitet hatte. Als sie fertig waren, wollte Robert eigentlich fahren, aber Horst meinte: „Bleib doch hier, wir setzen uns an die Bar und quatschen ein bisschen über alte Zeiten.“ Robert klärte es mit Marika, denn er wollte ihr nicht im Wege stehen, eventuell wäre es ihr ja peinlich gewesen, wenn der Papa mit dabei wäre. Marika empfand das aber überhaupt nicht als schlimm, streichelte ihm über seinen Rücken und meinte: „Ach Papa, als ob mich das stören würde! Außerdem sparst du dir dann eine Autofahrt, dann kannst du mich nachher gleich wieder mitnehmen.“ Gesagt, getan! Horst bat Robert an die Bar und bestellte für ihn ein Glas Rotwein. Dann ging er mit Marika in eine kleine Umkleide und sagte: „Hier kannst du dich in Ruhe umziehen!“ Wenn du fertig bist, komm einfach vor zur Bar, und ich zeige dir alles andere! Marika sollte sich eine schwarze Hose, eine weiße Bluse und schwarze Pumps mitbringen. Dort schlüpfte sie rein und ging dann vor zur Bar. Horst und Robert waren schon richtig am Lachen, weil sie in alten Zeiten schwelgten. Für Robert war es echt, als ob es erst gestern gewesen wäre. Horst erklärte Marika, was so ihre Hauptaufgaben werden würden. Sie sollte Gäste, die sich gesetzt hatten, herzlichst begrüßen, ihnen die Karte bringen, schauen, ob benutztes Geschirr rumstand und dann abräumen, Tische abwischen, Gläser spülen, aufpolieren und ins Regal einräumen. Marika freute sich auf die kommende Zeit in der Bar. Für sie stand fest, sie möchte es machen. Die nächsten zwei Stunden setzte Marika, mit vollem Tatendrang, diese Tätigkeiten um. Robert und Horst versanken währenddessen völlig im Gespräch. Es wurde langsam so spät, dass die Bar zumachte. Horst war sehr beeindruckt von Marika. Da sie durch Vitamin B einen kleinen Vorteil hatte, sagte Horst, er zahle ihr statt 10 € sogar 15 € die Stunde. Sie vereinbarten feste Tage, wann Marika zum Arbeiten kommen durfte. Jeden Freitag und Sonntag, abends von 18–21 Uhr. Marika fuhr mit ihrem Papa nach Hause. Auf dem Heimweg bedankte sie sich bei ihm, dass er es für sie möglich gemacht hatte. Marika schätzte es sehr. Robert streichelte ihr übers Bein und meinte: „Ist schon gut, mein Kind!“ Marika war während ihrer Arbeit aufgefallen, dass an der Bar ein echt gutaussehender Mann gesessen hatte, der für die Getränke zuständig war. Sie hatte auch rausbekommen, wie ihn Horst angesprochen hatte. Er hieß Paul und war Barkeeper. Sie fragte ihren Papa, ob er ihn auch wahrgenommen hatte. „Ja, ja“, sagte er: „Das habe ich schon mitbekommen! Ich habe auch gesehen, wie er dir ein paar Mal Blicke zugeworfen hat.“ Marika wurde ganz rot, es war ihr sichtlich doch etwas unangenehm. Das Wochenende verbrachten sie dann alle drei ganz entspannt, weil mal keiner irgendwo hinmusste. Montag bis Freitag war Marika immer in der Schule. Dienstags und donnerstags hatte sie abends theoretische Fahrschule, wo sie auch gut vorwärtskam. Den schriftlichen Teil bestand sie mit drei Fehlerpunkten. Robert war sehr stolz auf Marika, dass sie so langsam eigenständig wurde. Freitags und sonntags wurde Marika immer noch von Robert gefahren. Marika lernte Paul, von Mal zu Mal, besser kennen. Eines Abends passierte ihr was sehr Unangenehmes.

Sie sollte zwei Gläser Rotwein zu einem Tisch bringen. Paul stand hinter der Bar, und Marika wollte gerade die Gläser nehmen, da fiel ihr eins davon um. Es traf genau Pauls weißes Hemd. Marika entschuldigte sich sofort und wurde puterrot. Paul war sehr verärgert, weil er wirklich gut begossen war. Er ging in die Umkleide, und Marika folgte ihm mit einem Lappen in der Hand. Sie entschuldigte sich wieder und wieder. Paul meinte: „Es ist ja gut, es ist angekommen, du musst dich nicht andauernd wiederholen!“ Marika wollte gerade anfangen, ihn mit dem Lappen abzutupfen, da sagte Paul: „Für einen Lappen ist es jetzt zu spät, das muss in die Waschmaschine!“ Paul knöpfte sein Hemd auf. Marika verschlug es die Sprache, weil sein Oberkörper megatrainiert aussah. Ihr Blick erstarrte. Paul meinte verärgert: „Was kuckst du so, hast du noch nie einen Mann oben ohne gesehen? Und jetzt steh nicht dumm rum, sondern hilf mir lieber, das nasse Hemd auszuziehen!“ Marika war hin- und hergerissen, sie hatte tatsächlich bis dato noch keinen Mann oben ohne gesehen. Andererseits wollte sie sich das nicht anmerken lassen und half Paul, aus dem Hemd zu kommen. Als sie es dann zusammen fertiggebracht hatten, holte sich Paul ein frisches Hemd und zog es an. Währenddessen, stand Horst in der Tür und fragte beide: „Was macht ihr hier?“ Marika war es sehr peinlich, sie geriet ins Stottern, aber Paul stellte gleich klar, was passierte. Er sagte: „Das dumme Ding kann nicht einmal ein Glas nehmen, ohne es fallen zu lassen!“ Paul war sichtlich verärgert. Horst meinte: „Na, dumm ist man deswegen nicht gleich, und jetzt hopp, hopp, die Gäste warten!“ Marika war leicht geknickt, was Horst ihr ansah. Er streichelte ihr über den Rücken und sagte: „Der meint das nicht so, jetzt lass den Kopf nicht hängen. Das ist ihm auch schon passiert, er wird es nur nicht vor dir zugeben!“ Marika verhielt sich unauffällig und machte ihre Schicht zu Ende. Am Sonntag, als ihre nächste Schicht begann, ging

Marika gleich zu Paul und entschuldigte sich noch einmal bei ihm. Paul nahm es nicht so richtig wahr, weil er schon mehrere Bestellungen für Cocktails hatte. Marika nahm es so hin und sprach es nicht mehr an. Sie verhielt sich auch ihm gegenüber wieder ganz normal, als ob nie was gewesen wäre. Wochen vergingen, Marika hatte ihren Führerschein bekommen und Robert sein Versprechen eingelöst. Sie war endlich unabhängig, und dies freute sie sehr.

<< *Kapitel 5* >>

Es war Hochsommer, und Marika genoss ihre Ferien. Sie hatte mit Horst vereinbart, in den Ferien mehr zu arbeiten. Einmal um gut Geld zu verdienen und weil Marika unbedingt Paul, so oft wie möglich, sehen wollte. Sie verstanden sich indessen richtig gut. Marika merkte, wenn sie ihn sah, dass sie immer richtig nervös wurde und ein kribbelndes Gefühl verspürte. Sie hatte sich verliebt! Sie musste ununterbrochen an ihn denken und freute sich jedes Mal darauf, wenn sie mit ihm arbeiten durfte. Sie hatten auch ihre Handynummern getauscht und somit täglichen Kontakt. Paul war Marika auch nicht abgeneigt, er schlug ihr vor, heute mit ihm nach der Schicht noch feiern zu gehen. Marika war hin und weg und konnte es kaum erwarten, dass die Schicht verging. Sie sind dann gemeinsam von der Bar zur nächsten Straße in eine Disco gegangen. Dort haben sie dann richtig abgefeiert, haben getanzt, viel gelacht und auch einiges getrunken. Paul hatte den kompletten Abend bezahlt. Sie waren beide echt gut angetrunken und erfreuten sich des Abends. Marika war aber zu schüchtern, um irgendetwas zu tun. Sie himmelte Paul richtig an, und dies merkte er. Paul zögerte nicht und ergriff die Initiative. Er zog Marika beim gemeinsamen Tanzen an sich. Er fing an, sie heiß und innig zu küssen. Es war wild und intensiv. Paul merkte, dass Marika richtig gut küssen konnte, er wollte mehr. Er war echt heiß auf sie und gierig. Er packte ihren Po und drückte sie total fest an sich. Da sie einen Rock anhatte, war es für Paul ein leichtes

Spiel, an ihren Po zu kommen. Marika streichelte ihn mit ihren Händen genüsslich über seinen Oberkörper. Die Bewegungen wurden immer inniger und enger.

Marika war Feuer und Flamme. Sie erlebte, immerhin, gerade ihren ersten Kuss. Paul fand diese Situation so heiß, dass er eine Erektion bekam, die auch Marika spürte. Er krallte sich förmlich in ihren Po fest und drückte sie, immer wieder, an sich. Er wollte mehr. Er wollte sie. Er flüstere ihr zu: „Ich will dich jetzt und hier!“ Marika war so angetrunken, dass sie kein Blatt mehr vor den Mund nahm und zu ihm meinte: „Was hier? Paul, ich hatte noch nie ...!“ Paul riss die Augen auf, stieß Marika leicht von sich weg und sagte voller Habgier: „Wie, du hattest noch nie, du bist noch Jungfrau?“ Mit einem leichten Stöhnen kam noch ein „Oh, mein Gott!“ hinterher. „Du hast aber schon gewisse andere Dinge probiert, außer Sex?“ Marika gab ihm, mit einer leicht lallenden Aussprache, zu verstehen:

„Nein, sagte ich doch eben, ich hatte noch nichts, das war auch eben mein erster richtiger Kuss!“ Paul war erstaunt und sagte: „Boah, aber dafür küsst du verdammt gut“, und er küsste sie erneut. Paul bekam richtiges Kopfkino, er malte sich gerade aus, wie er es fertigbringen konnte, Marika zu nageln. Das Wissen, dass sie noch Jungfrau war, törnte ihn unglaublich an. Das Gute war für ihn, sie war echt angetrunken. Er hatte einen Plan, er begann sie mit Komplimenten zu überhäufen. Er strich ihr mit den Händen durch ihre Haare und beteuerte ihr, dass er schwarze Haare besonders schön finde. Er küsste sie vermehrt am Hals, um sie heißzumachen. Er krabbelte immer wieder unter ihren Rock, fasste sie an ihren Po und sagte: „Du bist echt so hot und machst mich unglaublich an! Lass uns mal rausgehen.“ Marika sagte: „Ja, ein bisschen frische Luft tut eventuell ganz gut.“ Sie wusste ja nicht, was Paul vorhatte. Paul nahm sie an die Hand und ging mit ihr raus. Er war immer noch total erregt und konnte es kaum abwarten. Als sie dann draußen waren, schaute er sich kurz um und suchte nach einer ungestörten Ecke. Leider gab es keine. Paul schlug Marika vor, zurück zur Bar zu gehen, um dort noch etwas zu trinken. Marika konnte kaum noch stehen, so betrunken war sie. Die frische Luft tat ihr aber gut, es ging dann auch irgendwie. Marika stellte auf dem Weg dorthin fest: „Es ist doch schon so spät, wir haben doch schon zu." Paul antwortete ihr: „Ich habe doch einen Schlüssel!" Marika fand das lustig und sprach: „Ooooh, ich glaube, ich habe etwas viel getrunken!" Paul erwiderte: „Oh ja, das stimmt wohl." Als sie dann an der Bar ankamen, sperrte Paul die Tür auf, drückte Marika gegen den Türrahmen und küsste sie erneut. Er nahm ihr Bein, schlang es um sich, griff ihr unter den Rock und drückte sie fest an sein erregtes Glied. Marika merkte, wie wild Paul wurde und meinte: „Paul, jetzt mal nicht so stürmisch! Mach, mal langsam." Paul konnte einfach nicht aufhören, er steckte ihr seine Zunge in den Mund und küsste sie intensiv. Marika machte es auch heiß. Sie begann zu stöhnen. Oh Paul, das geht doch nicht. Paul ging ihr in die Bluse und ergriff ihre Brüste. Er machte ihr immer wieder heiße Komplimente. Er stöhnte: „Marika, deine Brüste sind der Wahnsinn, du bist der Wahnsinn!" Sie unterbrachen kurz, um reinzugehen. Paul schloss die Türe ab. Er ließ, vor Geilheit, den Schlüssel stecken, dann widmete er sich sofort wieder Marikas Brüsten. Sie küssten sich immer wilder. Sie stöhnten beide. Paul meinte: „Ich werde dich jetzt mal richtig verwöhnen! Lass es bitte einfach zu, und genieße es." Marika war so angetrunken, sie konnte sich gar nicht richtig zur Wehr setzen. Sie fand es auch toll, was sie bisher erlebte. Sie brachte keine richtigen Sätze mehr raus und stöhnte nur noch auf, mit „Ooooooh Paul. Du bist mein Paul". Paul dachte sich: „Jetzt oder nie, die nehme ich mir!" Er ging mit seiner Hand in ihren Slip und fing an sie zu stimulieren; sein Ziel war, sie unbedingt zu entjungfern. Hier und jetzt! Marika stöhnte immer wieder auf, es schien ihr zu gefallen. Paul ging einen Schritt weiter, er zog ihr den Rock runter, schob ihren Slip zu Seite, kniete nieder und fing an, sie mit seiner Zunge zu verwöhnen. Marika war außer sich und wurde richtig laut, da war er! Ihr erster Orgasmus. Sie stöhnte so laut, das erregte Paul umso mehr. Er meinte: „Du schmeckst so gut, wie du auch aussiehst. Gott, bist du geil." Es war richtig heiß zwischen ihnen. Paul wollte Marika endlich nageln. Er bat sie, sich niederzulegen, er zog ihren Slip und sich selber aus und legte sich auf sie. Marika war nicht mehr imstande, irgendetwas zu tun, und das nutzte Paul richtig aus. Sie war regelrecht in Trance. Paul küsste sie, massierte ihre Brüste und ging dann runter, griff nach seinem Glied und drang in sie ein. Marika zuckte zusammen und sagte: „Au! Paul, du tust mir weh!“ Paul hörte aber nicht auf und stöhnte ihr ins Ohr: „Ich weiß, das wird gleich besser, entspann dich. Du bist so der Hammer, und du riechst so gut, Marika!“ Sie ließ sich darauf ein. Paul bewegte sich aber ganz langsam, weil er wusste, dass es ihr wirklich wehtat. Wiederrum machte es ihn total scharf, zu wissen, dass er der Erste in ihr war. Er stöhnte auf und kam zum Höhepunkt. Sie waren danach beide so fertig, dass sie einschliefen. Zwei Stunden später wurde Paul durch ein Schlüsselgeräusch wach. Er war total erschrocken. Es hämmerte jemand an der Tür, und es versuchte jemand, sie aufzuschließen. Es war Horst. Er war sehr verärgert, weil die Tür nicht aufging, da ja der Schlüssel von Paul noch innen steckte. Paul stupste Marika an und sagte: „He, werde wach, wir müssen uns schnell anziehen, Horst ist an der Tür.“ Marika war völlig neben der Spur. Paul sagte erneut, in einem härteren Ton: „Jetzt zieh dich endlich an!“ Er ging zur Tür und sperrte sie auf. Er begrüßte Horst mit einem „Guten Morgen, Chef“. Horst war verdutzt, dass Paul vor ihm stand. Als er zur Tür reinging, sah er auch Marika. Er fragte perplex: „Was macht ihr hier?“ Paul versuchte sich und Marika aus der blöden Situation rauszureden. Er meinte: „Na ja, Chef, das war meine Idee! Wir waren gestern noch drüben in der Disco und haben zu viel getrunken, um nach Hause zu fahren. Da hatte ich Marika den Vorschlag gemacht, dass wir hier schlafen.“ Horst antwortete: „Na, das ist ja dann anständig von euch, dass ihr nicht mehr selber gefahren seid!“ Horst bestellte ein Taxi für sie.

Marika wurde so langsam bewusst, was eigentlich geschah. Sie wollte Pauls Hand nehmen, um mit ihm rauszugehen, aber Paul stieß ihre Hand eiskalt weg und ging voraus. Marika verstand seine Reaktion absolut nicht. Sie entschuldigte sich bei ihrem Chef und ging mit raus. Paul bat das Taxi, erst zu Marika zu fahren, dort begleitete er sie noch zum Fahrstuhl, der zur Penthouse-Wohnung führte.

Marika wollte ihn küssen, aber Paul wehrte es ab. Er machte ihr eine deutliche Ansage, dass es für ihn eine einmalige Sache gewesen war und daraus auch weiter nichts würde. Dann drehte er sich eiskalt um, ging runter zum Taxi und ließ sich nach Hause fahren. Marika war so fertig, sie fiel samt ihren Sachen ins Bett. Sie realisierte, dass Paul ein richtiges ARSCHLOCH war und sie komplett benutzt hatte. Das war also ihr erstes Mal, dachte sie sich. Sie war fassungslos enttäuscht darüber und weinte, bis sie dann vor Erschöpfung einschlief. Als sie aufwachte, dachte sie, es wäre nur ein Traum gewesen, aber anhand der Sachen, die sie noch anhatte, wusste sie, dass es leider in echt passiert war. Es dauerte eine Weile, eh sie einen klaren Gedanken fasste, aber sie musste immer wieder anfangen, zu weinen. Marika hatte ihren ersten Liebeskummer. Es tat so weh, es war wie ein Stich in ihr Herz, und ihr war so schlecht. Sie wollte niemanden sehen und hören. Marika stand auf, um duschen zu gehen. Sie weinte die ganze Zeit. Es wollte einfach nicht aufhören, die Tränen kullerten endlos über ihre Wangen. Marika schrieb Paul eine Nachricht, in dieser stand: „Paul, warum bist du so? Können wir mal telefonieren und darüber sprechen? Es war echt so schön. Ich vermisse dich." Sie ging wieder ins Bett und weinte sich erneut in den Schlaf. Es schmerzte zutiefst! Sie verschlief den ganzen Tag. Am nächsten Morgen kam Robert rein, um sie zu wecken. Er setzte sich zu ihr ans Bett und streichelte Marika über den Kopf. Sie wurde dadurch wach. Robert sagte: „Na, mein Kind, du hattest gestern wohl scheinbar viel Spaß! Komm frühstücken, Kelly deckt gerade den Tisch, du hast gestern Abend schon nichts gegessen." Marika fing wieder sofort an zu weinen. Robert war erschrocken und fragte: „Marika, was ist los, ist was passiert?" Marika konnte vor lauter Schluchzen kaum reden. Sie meinte: „Ich habe keinen Hunger, und ich möchte bitte alleine sein!" Robert stand auf und ging zur Zimmertür; bevor er sie schloss, sagte er mit beruhigender Stimme: „Wenn du mich brauchst, mein Kind, ich bin für dich da! Es ist o.k., wenn du nichts essen möchtest, aber bitte, trink wenigstens etwas!" Er ging aus ihrem Zimmer. Marika brauchte wieder etwas, um sich zu beruhigen. Sie fühlte sich sehr schwach und hatte eine innerliche Unruhe. Sie war wie erschlagen. Marika trank etwas und schlief weinend wieder ein. Der Tag verging. Robert hatte Kelly erzählt, dass er sehr erschrocken darüber war, als Marika mit Weinen anfing, und er gerne wissen würde, was passiert war. Kelly meinte zu ihm: „Sie wird schon kommen und es uns eventuell erzählen. Gib ihr die Zeit, die sie scheinbar braucht!" Für Robert war es selbstverständlich, und er respektierte es. Er hatte mit Marika eine sehr enge Bindung, und er wusste, sie würde kommen und es ihm erzählen. So war es auch! Am Abend erwachte Marika. Kelly und Robert lümmelten bei einem Glas Rotwein auf der Couch. Marika hatte auf ihr Handy geschaut, und es war keine Nachricht von Paul drauf. Sie verstand es nicht. Sie versuchte, ihn anzurufen, aber er drückte sie weg. Sie warf wütend ihr Handy aufs Bett und ging ins Wohnzimmer. Ihr sah man an, dass es ihr nicht gut ging, und sie sah sehr verheult aus. Robert stand sofort auf und hielt die Arme auf, um Marika zu drücken. Sie fing wieder an, zu schluchzen: „Papa, es tut so weh!" Sie ließ sich von Robert drücken und weinte dabei bitterliche Tränen. Sie sagte: „Bitte, Papa, sag Horst Bescheid, dass ich nie wiederkommen werde zum Arbeiten. Ich will da wirklich nie wieder hin." Robert streichelte ihr über den Rücken und sagte: „Das kriegen wir schon hin, mein Kind, aber was ist denn so Schlimmes passiert? Ich kann dich gar nicht so sehen, wie du leidest!" Marika setzte sich zu ihnen auf die Couch und fing an zu erzählen. „Es war anfangs alles so schön, ich war noch mit Paul, nach der Schicht, in der Disco. Dort haben wir viel gelacht und getanzt, wir haben auch viel getrunken", und sie begann wieder zu schluchzen. „Oh Papa, es tut so weh." Robert war schon leicht nervös und sagte: „Er hat dir aber nichts angetan?" Marika antwortete: „Nein hat er nicht, aber ..."

„Aber was?", erwiderte Robert. Marika fing wieder an zu weinen. Kelly merkte, dass es nichts brachte und mischte sich ein. „Robert, jetzt lass sie!“ Marika stand auf und ging wieder in ihr Zimmer. Kelly folgte ihr, sie setzte sich zu ihr ans Bett und sagte: „Ich glaube, ich weiß, was los ist. Kann es sein, dass du dich in ihn verliebt hast und er möchte aber nichts von dir?“ Marika hörte kurz auf zu weinen, schaute Kelly an und fragte: „Woher weißt du das?“ „Ach weißt du, ich war auch mal jung und verliebt in einen Jungen, der es nicht erwiderte. Ich kenne dieses Gefühl. Es tut wirklich sehr weh.“ „Ja, das tut es“, sagte Marika und weinte wieder. „Wie vergeht dieser Schmerz“, fragte sie. Kelly meinte: „Na ja, ich kann jetzt sagen, es wird Zeit brauchen, und du musst dich ablenken, aber genau das willst du gerade nicht hören! Liebeskummer vergeht in vier Phasen. Die erste Zeit ist, in der man es nicht wahrhaben will, dann folgen Wut und Trauer, danach kommt die Phase des Loslassens, und dann akzeptiert man es irgendwann, und es ist vorbei. Marika, wir sind immer für dich da, das sollst du wissen. Jetzt komm und iss mit uns zu Abend. Wenigstens ein bisschen. Dein Papa macht sich doch auch Gedanken.“

Marika wischte sich die Tränen ab und ging mit zum Essen. Sie blieb den Rest des Abends noch mit bei Robert und Kelly im Wohnzimmer. Ihre Gedanken waren aber die ganze Zeit bei Paul. Es waren lauter unbeantwortete Fragen. „Was er jetzt wohl gerade macht? Warum meldet er sich nicht? Warum hat er mich so benutzt?“ Sie schaute auch immer wieder auf ihr Handy, aber es kam keine Nachricht von Paul! Nichts. Am nächsten Tag rief Robert gleich bei Horst an, um ihm zu sagen, dass Marika nicht mehr zum Arbeiten kommen könne. Er hatte es auf seine Kappe genommen und behauptete, dass er nach New York fliegen müsste und Marika dort gerne dabei sein wollte. Da Marika eh nur eine Aushilfe war, sah Horst darin kein Problem, aber er fand es sehr schade. Horst bat Robert noch einmal mit ihr vorbeizukommen, um ihr noch etwas zu geben. Robert bejahte es und legte auf. Marika saß neben ihm und bekam das ganze Gespräch mit; sie war einerseits froh, dass ihr Papa, eine glaubwürdige Ausrede hatte, aber andererseits hatte sie auch mitbekommen, dass Robert meinte, ja, sie kämen noch einmal vorbei. Marika fragte ihn, was es zu bedeuten hatte. Robert meinte, dass ihr Horst noch etwas geben wollte, und machte ihr gleich klar, dass es vernünftig wäre, sich von Horst noch einmal persönlich zu verabschieden und sich auch zu bedanken. Marika war alles andere als begeistert davon. Das merkte Robert und bot ihr an, mitzufahren. Kelly, die ebenfalls mit am Tisch saß, beteuerte Marika gleich, dass es gut sei, wenn Paul da wäre. Dann könnte sie gleich zeigen, dass sie eine selbstbewusste Frau ist, ihn nicht braucht und ihm auch nicht hinterhertrauert. Marika schluckte und sagte: „Das schaffe ich nicht! Wenn ich ihn sehe, werde ich wieder schwach und fange eventuell auch an zu weinen." Robert bestärkte sie mit den Worten: „Alles wird gut, du wirst sehen! Um es nicht noch länger rauszuzögern, fahren wir am besten gleich." Marika wurde es auf einmal richtig schlecht, und sie sagte: „Bitte, Papa, lass uns erst später fahren, ich brauche noch ein bisschen, um mich darauf vorzubereiten!" Am frühen Abend starteten sie dann in Richtung Bar. Marika hatte sich sehr hübsch gemacht, um Paul noch einmal zu zeigen, was er verpasste. Als sie dort ankamen, gingen Marikas Blicke gleich auf die Suche nach Paul, aber er war nicht da. Für Marika war es eine Wohltat, und sie wurde auch gleich lockerer. Robert sagte auch: „Siehst du, mein Kind, ich sag es doch, alles wird gut!" Marika verabschiedete sich in aller Ruhe von Horst, sie bedankte sich dafür, dass sie dort arbeiten durfte, und was sie alles gelernt hatte. Marika fühlte sich dort sehr wohl. Horst bestätigte es und war etwas traurig, dass Marika nicht mehr kommen würde. Er meinte zu Robert: „Du hast eine echt tolle Tochter. Sie war bei den Gästen beliebt und war sehr schnell lernfähig. Man hat es ihr angesehen, dass sie an der Arbeit Spaß hatte, und alle haben gerne mit ihr zusammengearbeitet." Robert war über diese Worte sehr stolz. Marika bekam eine Karte, auf der alle Kollegen unterschrieben hatten, und 100 €. Darüber freute sie sich sehr. Dann wollten sie gerade gehen, da fiel Marika ein, dass sie noch ihre Schuhe in der Umkleide hatte. Sie sagte zu Robert: „Papa, geh schon zum Auto, ich hole nur noch meine Schuhe aus der Umkleide." Robert ging derweil zum Auto. Als Marika in der Umkleide war und ihre Schuhe nehmen wollte, hörte sie ein Geräusch aus der Toilette. Sie nahm es erst nicht richtig wahr, bis eine Frauenstimme aufstöhnte und „Oooooh Paul“ sagte. Marika ließ vor Schreck ihre Schuhe fallen, und ihr schossen sofort die Tränen in die Augen. Sie war kurzzeitig wie erstarrt. Dann nahm sie all ihren Mut zusammen und ging zur Toilette. Die Tür war nicht einmal abgesperrt, sie öffnete sie, und da war Paul mit einer Frau. Sie war nach vorne gebeugt, und er stand mit heruntergelassener Hose hinter ihr und nahm sie. Marika war so schockiert von dem Anblick. Sie nahm vor Wut eine Rolle Klopapier, knallte es Paul an den Kopf und schrie ihn an: „Du bist so ein absolutes Arschloch, Paul! Du vögelst echt jede, du bist so billig. Du bist echt ein Haufen Scheiße!“ Marika war so wütend, sie knallte die Tür zu und ging. Sie holte ihre Schuhe und rannte raus zu ihrem Papa. Robert sah Marika anrennen kommen und bemerkte gleich, dass sie weinte und völlig außer sich war. „Marika, was ist los?“ „Paul ist doch da, er ist so ein Arsch. Ich habe ihn eben mit einer Frau auf der Toilette in flagranti erwischt!“ Marika war fertig mit ihrer Welt. In Robert fing es an zu brodeln, er sagte: „Ich gehe da jetzt noch einmal rein und mache diesem Kerl eine heftige Ansage!“ Marika antwortete: „Papa, nein! Mach es bitte nicht! Lass uns bitte nach Hause fahren.“ Robert war baff über Marikas Reaktion, er stieg mit ihr ins Auto, und sie fuhren heim. Marika weinte bitterlich auf dem Nachhauseweg und erzählte Robert, was wirklich alles an den einem Abend bzw. in der Nacht passiert war. Robert war entsetzt über das, was sie erzählte. Er versuchte sein Kind zu trösten und beruhigte sie mit den Worten: „Der hat dich nicht verdient, versuche ihn bitte zu vergessen, mein Kind!“

<< *Kapitel 6* >>

Wochen vergingen, und die Sommerferien endeten. Marika ging es richtig schlecht. Sie hatte wahrhaft gelitten. Sie dachte auch, sie müsse sterben, weil es sich für sie so anfühlte. Sie hatte Angst, ihr Herz zerbreche, so verknallt war sie in Paul. Von Paul selbst kam echt überhaupt nichts mehr, kein Lebenszeichen, nichts. Marika hatte sich in ihrem sozialen Jahr dafür entschieden, wegzugehen. Sie schrieb mehrere Bewerbungen und erhielt eine Zusage aus München. Dort dürfte sie die Ausbildung zur Krankenschwester zum 1. Oktober beginnen, worüber sie sich sehr freute. Marika sah diesen Neuanfang als Chance, Paul zu vergessen. Da Robert für sein Kind nur das Beste wollte, hatte er für Marika eine richtig tolle Wohnung gefunden. Robert und Kelly halfen ihr bei dem Umzug und richteten ihr die Wohnung mit ein. Der Tag kam, dass Robert und Kelly Marika in München zurücklassen mussten. Der Abschied war sehr traurig, für alle drei! Robert war aber sehr stolz auf seine Marika, weil sie jetzt in München Fuß fassen wollte. Sie drückten sich sehr innig, und Robert verabschiedete sich mit den Worten: „Ich wünsche dir morgen einen guten Start, pass auf dich auf!“

„Was du immer wissen sollst, mein Kind, die Tür zu uns, steht 24/7 für dich offen! Du kannst jederzeit anrufen!“ Marika weinte, weil es ein Abschied, für längere Zeit war. Dennoch war sie sehr taff! Sie wusste, es wird aufregend und lernt viele neue tolle Menschen kennen. Als Marika abends im Bett lag, nahm sie ihr Handy und beschloss, Paul komplett zu löschen. Sie war so weit, dass es für sie o. k. war. Sie nahm sich auch vor, egal welcher Mann in ihr Leben trete, sie würde keinen mehr so ins Herz schließen wie Paul, um sich selbst zu schützen und weil sie nie wieder so verletzt werden wollte. Am nächsten Tag ging sie in die Klinik. Es war ein sehr großes Haus, und sie musste sich erst mal durchfragen, wo es zur Krankenpflegeschule ging. Als sie den Raum fand, saßen schon viele Leute drin. Sie suchte sich auch einen Platz, der war seitlich und recht weit hinten. Neben ihr saß ein blondes Mädchen. Marika fragte: „Hey, ist hier noch frei?“ Das blonde Mädchen antwortete: „Ja klar, setz dich! Ich bin übrigens die Stefanie, aber nenn mich bitte Steffi.“ Marika schmunzelte und sagte: „Und ich bin Marika, hey!“ Sie setzte sich, und sie fingen an zu plaudern. Steffi kam auch von weiter weg, und sie war genauso alt wie Marika. Sie verstanden sich auf Anhieb gut. Sie stellten auch fest, dass Steffi in Marika ihrer Nähe wohnte, aber sie hatte nicht so eine große Wohnung wie Marika. Auf einmal kam ein Lehrer rein, er war schon recht alt und machte einen sehr strengen Eindruck. Er schloss die Tür, stellte sich mit einem „Guten Morgen, ich bin für die nächsten drei Jahre euer Lehrer, Herr Di Dio“ vor. Er machte auch eine klare Ansage: „Wer nicht aufpasst, schwatzt oder kein Interesse hat, der sollte gleich gehen!“ Komischerweise stand ein Junge auf, sagte: „Ich habe es mir anders überlegt“, und ging. Steffi und Marika waren beide perplex. Die erste Stunde begann, Herr Di Dio bat um eine Vorstellungsrunde, damit jeder sich kennenlernen konnte. Dann teilte er die Zettel mit den geplanten Einsätzen aus, wer auf welche Station kommen würde. Marika und Steffi sahen, dass sie gleich bei der ersten Station zusammen waren, und es folgten noch ein paar mehr. Sie freuten sich beide darüber. Sie sahen auch, dass sie jetzt erst mal acht Wochen Schule haben, dazu sagte Herr Di Dio: „Die acht Wochen Schule sind sehr sinnvoll, weil wir da alle Grundkenntnisse lernen.“ Danach ging es los mit einer großen Haus-Tour. Herr Di Dio führte die Klasse durch das ganze Haus. Er zeigte wirklich alles, von der Küche über Stationen, Untersuchungsabteilungen, OP-Räume, die Umkleiden bis hin zur Kantine und sogar die Pathologie. Es war sehr riesig und noch verwirrend. Er meinte: „Es wird nicht lange dauern, dann findet ihr euch hier zurecht!“ In der Pathologie, wurde sogar gerade eine Leiche vom Bestattungsinstitut abgeholt. Für manche war es interessant, und manche fanden es gruselig. Marika und Steffi fanden es interessant, und sie schauten es sich mit an. Herr Di Dio schilderte: „Auch damit werdet ihr Kontakt haben, weil der Tod in einer Klinik dazugehört!“ Marika fragte Steffi: „Ich habe noch nie einen Toten gesehen, du?“ Steffi verneinte es und sagte: „Ich bin auch nicht scharf darauf, so schnell damit Kontakt zu haben bzw. einen Toten zu sehen!“ Herr Di Dio zeigte auch jedem Schüler, wo seine Station sein würde, damit jeder wusste, wo er in acht Wochen hinmusste. Es war alles sehr interessant und spannend. Die acht Wochen vergingen wie im Fluge. Steffi und Marika waren mittlerweile richtig gute Freundinnen geworden. Am Wochenende machten sie München unsicher, gingen in Discos und lebten ihr Leben. Es war Sonntagabend, und beide hatten morgen ihren allerersten Frühdienst auf der Onkologie. Steffi hatte Marika gefragt, ob sie bei ihr schlafen dürfte, dann könnten sie sich morgens, gemeinsam, fertig machen und zur Arbeit fahren. Sie waren beide sehr aufgeregt. Marika hatte schon gehört, dass der Stationsleiter nicht der netteste sein sollte. Sie hatte etwas Bedenken. Steffi hingegen machte ihr Mut und meinte: „Ach komm, wer weiß, was daran wahr ist! Wir gehen da morgen hin und machen uns selbst ein Bild!“ Marika hatte etwas Bauchweh vor Aufregung. Sie erzählten noch bis in die Nacht hinein und schliefen dann irgendwann ein. Früh morgens um 5 Uhr klingelte der Wecker. Marika und Steffi standen auf, machten sich für die Arbeit fertig und fuhren in die Klinik. Dort gingen sie in die Umkleide und zogen sich um. Sie hatten beide eine weiße Hose an und darüber einen hellblauen Kittel, den man knöpfen konnte. Ihre Haare mussten sie zusammenbinden. Auf Station stellten sie sich dann beide bei dem Pflegepersonal vor.

Der Stationsleiter war noch nicht da. Marika und Steffi hatten einen Zettel mit der Übersicht der Station darauf bekommen, wo welche Patienten lagen. Sie sollten dann mit in den Aufenthaltsraum gehen, weil dort die Übergabe war. Mitten in der Übergabe kam der Stationsleiter herein. Marika wurde leicht nervös, sagte aber nichts. Als die Übergabe rum war, stellten sich Steffi und Marika beim „Chef" vor. Er begrüßte beide ganz normal. Dann schaute er Marika an und meinte:

„Den Kittel sollte man zuknöpfen, es reicht, wenn ich das jetzt sehen musste!" Marika konnte gar nicht so schnell handeln, so schnell war der Kittel zu. Dann sagte er, wir sollten bei Schwester Annelies mitlaufen, sie würde uns alles zeigen. Marika wurde zudem gleich ins Büro vom „Chef" beordert. Dort sprach er Marika darauf an, dass sie Weihnachten arbeiten müsste. Für Marika war das völlig o. k. Steffi hatte Weihnachten freibekommen und sollte dafür Silvester ran. Die Frühschicht verging dann wie im Fluge. Gegen Mittag kam Schwester Annelies vor zum Stützpunkt gelaufen und meinte: „Wir müssen den Herrn Bader noch in die Patho bringen, ich bräuchte jemanden, der mitgeht." Der „Chef" meinte: „Nimm dir halt einen von den zwei Schülerinnen mit!" Da Marika wusste, dass Steffi nicht unbedingt wieder so schnell einen Toten sehen wollte, sagte sie sofort: „Ich komme mit!" Sie ging mit der Schwester Annelies vor ins Bad, wo der Verstorbene lag. Marika war recht vorsichtig, weil sie Respekt vor dem Anblick hatte, der sie gleich erwarten würde. Schwester Annelies fragte sie: „Hast du schon mal einen Toten gesehen?" Marika erzählte ihr kurz von der damaligen Führung und dass, dort in der Pathologie, gerade eine Leiche abgeholt wurde. Schwester Annelies gab Marika einen Kittel, den sie zum Schutz anziehen sollte. Dann gab es noch Handschuhe und einen Mundschutz. Schwester Annelies erklärte, dass die Schutzsachen deshalb notwendig seien, weil sie ja gleich die Leiche anfassen müssten, und man wisse ja nie, was Tote noch ausdünsteten. Sie sagte auch: „Hab keine Angst, Herr Bader sieht sehr friedlich aus." Marika sagte voller Tatendrang: „Alles gut, ich schaffe das schon!" Sie fuhren den Leichnam in die Pathologie. Dort wurde die Leiche aufgedeckt, und Marika sah das erste Mal richtig einen Toten. Sie sagte: „Herr Bader sieht so aus, als ob er nur schlafen würde!" Insgeheim war sie doch froh darüber, weil sie schon echt Bedenken gehabt hatte.

Schwester Annelies meinte, sie müssten jetzt den Barrenwagen herfahren, um die Leiche dort rüberzuschieben. In dem Raum war auch eine sehr große Kühlschrankreihe, die mit Nummern versehen war. Marika sollte das Fach Nummer drei öffnen, weil Herr Bader dort reinsollte. Ihr Herz klopfte etwas schnell, weil es doch eine sehr komische Situation für sie war! Schwester Annelies gab genaue Anleitungen, was zu tun war. Dann wurde Herr Bader, samt Betttuch, auf die Bahre rübergezogen. Marika stellte mit Erschrecken fest, wie schwer und hart ein Mensch ist, obwohl er tot ist.

Schwester Annelies erklärte ihr, dass es die sogenannte Leichenstarre sei. Sie tritt ca. 6–8 Stunden nach dem Tod ein und löst sich ca. 24–48 Stunden danach wieder auf, weil die Muskeln dann beginnen, sich zu zersetzen. Marika fand das alles sehr interessant und bedankte sich bei Schwester Annelies, weil sie alles so schön erklärte! Als der Leichnam dann im Kühlfach war, durfte Marika wieder absperren. Sie sollte an der Tafel, die an der Wand hing, in Zeile drei Herrn Baders Personalien eintragen. Dies tat sie dann auch. Danach zogen beide ihre Schutzkleidung aus, desinfizierten sich und gingen zurück auf Station. Es war mittlerweile so spät, dass Dienstende war. Steffi wartete schon auf Marika. Sie gingen gemeinsam in die Umkleide. Dort berichtete ihr Marika, wie es in der Patho war. Steffi schüttelte sich und sagte noch einmal Danke zu ihr, dass sie sich gleich dafür bereit erklärte, um den Toten mit zu verfahren. Marika meinte: „Kein Thema, somit musste ich nicht weiter mit dem Chef kommunizieren." Am nächsten Tag, als Steffi und Marika zum Frühdienst kamen, sahen sie, dass einige krank waren. Der Chef war mit im Bereich gesteckt. Marika riss die Augen auf und sagte: „Na toll, ich darf heute mit ihm arbeiten! Das kann ja was werden." Da kam er auch schon. „Los, ihr beiden, ab zur Übergabe." Marika musste danach mit dem Chef in ein Zimmer, zu einem Patienten, der pflegeaufwendig war. Sie sollte ihn, mit Hilfe vom Chef, einmal komplett waschen. Bei der Arbeit wurde Marika vom Chef ausgefragt. Woher sie käme, wo sie wohne, wie alt sie sei, warum sie diesen Beruf erlernen wolle. Marika gab immer nur genau eine Antwort, auf die jeweilige Frage, daher konnte kein richtiges Gespräch zustande kommen. Nach dem Waschen cremte Marika den Patienten mit Transpulmin ein. Sie lernte in der Schule, dass es bei Bettlägerigen gut ist aufgrund der eingeschränkten Atmung im Liegen. Nur einige Sekunden später bekam der Chef einen heftigen Reizhustenanfall. Marika war erschrocken. Er verließ plötzlich ganz schnell das Zimmer. Marika dachte sich nichts weiter dabei und machte ihre Arbeit zu Ende. Dann kam Steffi rein und fragte: „Was hast du mit dem Chef gemacht?" Marika schaute verwundert und meinte: „Nichts, warum?" „Die Schwestern erzählen vorne im Stützpunkt, dass du wohl sehr dick Transpulmin geschmiert hast und der Chef das nicht abkann und es ihm wohl massiv auf die Atemwege geht."

Marika stand geschockt da und sagte zu Steffi: „Na toll, das wird sicherlich ein Nachspiel haben!" Steffi antwortete: „Quatsch, woher solltest du das wissen können!" Den Rest der Schicht übernahm eine andere Schwester. Sie arbeitete mit Marika zusammen. Vom Chef kam kein Wort mehr. Er war ganz normal. Am Ende der Schicht verabschiedete er sich von Marika: „Na, dann bis morgen, und es wäre schön, wenn nicht wieder so eine Atemwegsreizung käme!" Marika antwortete: „Nee, und sorry noch mal dafür!"

Die ersten sechs Wochen vergingen. Steffi und Marika hatten sich sehr gut eingearbeitet und konnten sich einen Überblick von der Station machen. Es gab auch keinen weiteren Vorfall mehr. Weihnachten stand vor der Tür. Steffi fuhr nach Hause, weil sie ja freibekommen hatte. Marika musste alle drei Tage spät arbeiten. Da sehr wenig los war, haben einige Examinierte freibekommen, und somit war dann Marika mit dem Chef alleine im Spätdienst. Marika graute es vor den Diensten, sie hatte ständigen Kontakt mit Steffi und hielt sie auf dem Laufenden.

Die drei Tage waren der Horror, der Chef ärgerte sie ununterbrochen. Er ließ sie auch schreckliche Arbeiten verrichten, u. a. sollte Marika in einem Zimmer Fensterbilder abschaben. Dann war er ständig weg zum Rauchen, und Marika musste auf Patientenglocken gehen. Er hatte wirklich kaum etwas gemacht. Marika war so froh, dass sie nach den drei Tagen nicht mehr auf diese Station musste. Am letzten Tag erhielt sie ihre Beurteilung, die war echt grottenschlecht. Ihre Gesamtnote ergab eine Fünf. Marika konnte es nicht erklären. Sie schrieb Steffi: „Ich bin gespannt, was du für eine Beurteilung bekommen wirst. Wenn sie nicht schlecht ist, dann hat es was mit mir zu tun!“ Marika fuhr daraufhin über Silvester nach Hause. Sie konnte es immer noch kaum fassen. Es fiel ihr schwer, den Gedanken, dass der Chef ihr was reinwürgen wollte, aus dem Kopf zu kriegen. Als Steffi dann ihre Beurteilung bekam, hatte es sich für Marika bestätigt, denn Steffi hatte eine Eins bekommen. Beide waren total perplex und konnten es sich nicht erklären. Im Januar, als wieder Schule war, gingen Steffi und Marika gleich zu Herrn Di Dio. Sie klagten ihr Leid. Herr Di Dio fand das auch sehr seltsam und glaubte den beiden Mädels, er ging persönlich mit Marika auf die Station, um es zu klären. Der Chef gestand, dass Marika eigentlich eine Einser-Schülerin sei und es ein Versehen war mit der schlechten Beurteilung. Der Chef stellte ihr sofort eine neue und viel bessere aus, und somit war es dann für alle geklärt. Marika dachte sich nur: „Was ist das bitte für ein komischer Mensch?!“ Sie war froh, zu wissen, ihn nie mehr sehen zu müssen, da der Einsatz auf dieser Station beendet war.

<< *Kapitel 7* >>

Einige Monate vergingen, es war wieder Sommer. Marika und Steffi hatten jetzt schon mehrere Einsätze auf verschiedenen Stationen gehabt. Beide fanden den Beruf sehr interessant und schön. Sie lebten ihr Leben in vollen Zügen. Marika lernte auch immer wieder neue Leute kennen, da sie sehr offen und emphatisch war. Dennoch stellte sie aber fest, dass die Männer, die sie haben wollte, nie Interesse an ihr hatten, und die Männer, die sie nicht haben wollte, standen gefühlt bei ihr Schlange. Sie verstand das System nicht. Damals bei Paul war es auch so, sie wollte ihn unbedingt haben und hätte alles für ihn getan, aber sie bekam ihn nicht. Im Gegenteil, er hatte sie sogar sehr verletzt, worüber sie, wenn sie zurückdachte, immer noch Schmerz fühlte. Marika fand die Männerwelt und die Liebe sehr kompliziert und konnte so viele Dinge nicht verstehen bzw. nachvollziehen. Da sie mit ihrem Papa Robert ein richtig gutes Verhältnis hatte, erzählte sie ihm auch von so was. Als sie mal wieder telefonierten, kam das Thema abermals zum Vorschein. Marika sagte zu ihm: „Papa, ich verstehe die Männer nicht, warum seid ihr so kompliziert und so undurchschaubar? Denkt ihr nicht, sind wir euch egal, oder wie ist das? Ich möchte mal wieder einen festen Freund, aber ich finde ihn nicht. Die Männer, die ich möchte, die kriege ich nicht, und die Männer, die mich möchten, die will ich nicht. Das ist doch völlig unlogisch, Papa.“ Robert war ein gestandener Mann mit wirklich viel Lebenserfahrungen, alles, was er sagte und Marika als Rat gab, nahm sie sich immer zu Herzen, und er hatte auch überwiegend recht. Dieses Mal gab er ebenfalls seine Meinung ab. „Ach mein Kind: So schlimm sind wir Männer gar nicht! Du musst dich nur richtig verhalten, und du wirst sehen, du bekommst den Mann, den du möchtest. Ich erkläre dir mal was. Die Liebe ist was Besonderes, sie soll schön sein, guttun. Sie soll dich glücklich machen. Sie ist bedingungslos und sollte ohne Erwartungen sein. Du leistet was, ohne zu erwarten, dergleichen zurückzubekommen. Sie heißt Freiheit. Sie ist nicht einfach, aber auch nicht so kompliziert, wie alle denken. Liebe heißt den anderen freizulassen, fliegen zu lassen wie ein Vogel. Schenke deinem Gegenüber Flügel und erzwinge nichts, bzw. gib nichts, was nicht von deinem Herzen kommt, dann wäre sie erkauft. Gib mit freiem Willen, von Herzen, ohne etwas zu erwarten. Gib, weil es das Gegenüber glücklich macht. Verstehst du, was ich meine?“ Marika antwortete: „Ja, schon, aber warum ...?“ „Nicht warum“, erwiderte Robert, „ich erläutere dir mal ein Beispiel, eventuell verstehst du es dann besser, was ich dir sagen möchte.

Vergleiche die Liebe mit einem Glas. Hältst du es nicht richtig fest, fällt es herunter, drückst du es aber zu fest, zerspringt es. Du musst ein gutes Mittelmaß finden. Wenn du einen Menschen zu sehr festhältst, ihn umklammerst, ihn nicht frei sein lässt, dann geht dieser Mensch kaputt. Gib deinem Gegenüber Sicherheit, zeig ihm, dass du für ihn da bist, zeig ihm, dass er auf dich zählen kann. Halte ihn nicht zu fest, sondern sei so, wie du bist, verstell dich nicht, und versuche auch ihn nicht zu ändern. Das geht schief. Man liebt Menschen mit all ihren Schwächen und Stärken, und man liebt sie auch mit ihren Fehlern, denn genau das macht sie aus, keiner ist fehlerfrei oder perfekt. Im Gegenteil, es macht sympathisch und einzigartig, glaube mir, mein Kind“, fuhr Robert fort. „Und die Menschen, die dir wehgetan haben, wie Paul, die haben dich nicht verdient, die waren es nicht wert. Es wird der Richtige kommen. Warte nicht auf die neue Liebe, sie kommt von ganz alleine. Sei so, wie du bist, denn genau so bist du richtig, und ich habe dich unglaublich doll lieb, mein Kind.“ Marika hatte etwas Tränen in den

Augen, weil sie so gerührt war von seinen Worten. Sie konnte auch nicht gleich was sagen, weil es in ihrem Kopf ratterte. Nach ein paar Sekunden gab sie ihm zu verstehen: „Papa, ich glaube, ich habe verstanden, was du mir sagen wolltest, danke für deine Worte! Ich bin froh, dich zu haben, Papa, und ich habe dich auch extrem lieb." Mit diesem Input beendete Marika das Telefonat. Sie rief sofort Steffi an und berichtete ihr von dem Gespräch. Marika fand die Worte ihres Papas so überzeugend und hilfreich, dass sie Steffi alles mitteilte. Auch sie war begeistert und beeindruckt, was Robert so erzählte. Sie quatschten noch ewig bis in die Nacht und erfreuten sich darüber, was die Zukunft wohl bringen würde. Ihr Ziel war es, die Worte von Robert umzusetzen und zu schauen, was passieren würde. Steffi war überzeugt davon, dass alles so kommen würde, wie es kommen sollte, nur keiner wusste, wann, wo und wie es geschehen würde. Marika hatte eine Idee, sie schlug vor: „Lass uns einen Glaubenssatz aufstellen, der wie folgt lautet: Lass Menschen gehen, die deinen Wert nicht schätzen, und wechsele an den Ort, an dem Menschen sind, die dich zu schätzen wissen, denn das sind die richtigen, weil wir wertvoll sind!" „Genau so", antwortete Steffi, und sie legten dann auf. Es war Freitag, und es stand in München ein Bürgerfest an. Da zieht man durch die Straßen und genießt den Alkohol, der ausgeschenkt wird. Steffi und Marika hatten sich, mit ein paar Leuten aus dem Kurs, verabredet und zogen dann um die Häuser. Es war ein recht lustiger und süffiger Abend. Als sie dann wieder an einer Kneipe angekommen waren, beauftragte Marika Uli: „Könntest du für uns zwei Aperols mitholen, wir gehen kurz mal auf die Toilette!" Als sie wiederkamen, fragte Steffi Uli: „Wo sind denn unsere Getränke?" Uli zeigte mit dem Finger zur Bar und meinte: „Da stehen sie doch!" Steffi und Marika setzten sich beide auf die davorstehenden Barhocker und genossen ihren Aperol. Es dauerte nicht lange, da sagte Marika zu Steffi: „Ich glaube, ich habe genug getrunken, mir wird langsam schwindelig!" Sie stand auf und wollte an die Luft gehen, und auf einmal kippte sie um und lag bewusstlos am Boden. Steffi geriet sofort in Panik und schrie:

„Hilfe, ich brauche Hilfe!“ Da es eh sehr voll war, waren sofort einige Leute zur Stelle, auch Uli drehte sich um und kam. Sie versuchten Marika wach zu kriegen, aber es war nicht möglich. Uli sagte: „Los, ruft einen Notarzt, wir machen eine stabile Seitenlage mit ihr!“ Uli kümmerte sich behutsam um Marika. Steffi schaffte Platz und hielt nach dem Notarzt Ausschau, um ihn dann zu Marika zu führen. Als der Notarzt kam, war Marika immer noch nicht bei Bewusstsein. Sie wurde auf einer Trage nach draußen in den Krankenwagen gebracht, dort wurde sie dann verkabelt, um ihre Vitalwerte zu checken. Steffi stieg mit in den Krankenwagen und durfte dann mit in die Klinik fahren. Marika kam so langsam zu sich. Sie sah einen großen Mann in Notarztsachen, er hatte dunkles volles Haar, einen Dreitagebart und einen emphatischen Blick. Der Arzt stellte sich kurz vor: „Hallo, hören Sie mich? Ich bin der Arzt Dr. Rafael Grünemann.“ Marika gab nur ein leises Ja von sich und fing an sich zu übergeben. Sie sagte: „Ich habe wohl etwas zu viel getrunken! Mir ist so schlecht und es dreht sich alles.“ Steffi erzählte dem Arzt, dass sie auch beide in der Klinik arbeiteten und gerade die Ausbildung zur Krankenschwester machten. Dr. Rafael meinte: „Wenn das so ist, bin ich Rafael für euch!“ Wir sind ja dann quasi wie Kollegen. Dr. Rafael leuchtete in Marikas Augen, ihre Pupillen waren sehr weit gestellt. Er sagte zu ihr: „Du hast so wunderschöne blaue, leuchtende Augen, Marika, der Wahnsinn! Kann es sein, dass ihr euch was eingeschmissen habt?“ Marika und Steffi erwiderten sofort: „Niemals würden wir das machen! Wieso fragst du das?“ „Weil deine Pupillen und dein Zustand dafür ein Indiz wären, aber wir klären es gleich in der Klinik ab. Dort untersuchen wir dein Blut und auch deinen Urin.“ Als sie dort waren, wurden die Untersuchungen durchgeführt. Marika bekam dann noch eine Infusion und durfte danach mit Steffi nach Hause gehen. Steffi musste Dr. Rafael versprechen, heute Nacht bei ihr zu bleiben. Sie sollte nicht alleine sein. Da Steffi eh sehr oft bei Marika schlief, hatte sie auch dementsprechend ihre Sachen da. Rafael bat Marika noch um ihre Nummer, er wollte sie dann anrufen, wenn die Ergebnisse fertig seien. Marika gab ihm ihre Handynummer. Schließlich waren sie dann in Marikas Wohnung. Steffi machte es ihnen beiden im Wohnzimmer gemütlich. Sie kuschelten sich zusammen auf die Couch. Steffi sorgte auch für ausreichend nicht alkoholische Getränke. Sie schilderte Marika, dass sie das Gefühl hatte, Dr. Rafael fände sie richtig toll. „Er hat richtig mit dir geflirtet." Marika sagte: „Ach Quatsch, das wird er zu jeder sagen, und ehrlich, ich habe nun mal echt schöne Augen!" In dem Moment klingelte Marikas Handy. Sie sah anhand der Nummer, dass der Anruf aus der Klinik kam. Sie ging ran und meldete sich mit einem: „Ja bitte?" Am anderen Ende war Dr. Rafael. „Hallo Marika. Geht es dir schon etwas besser?" Marika meinte: „Ja, es geht schon, ich fühle mich halt sehr benommen! Was kam denn bei den Ergebnissen raus?" Rafael sagte: „Es sieht ganz danach aus, dass dir einer K.-o.-Tropfen ins Glas gegeben hat. Kannst du dich an irgendwas erinnern? Hast du dein Glas unbeaufsichtigt stehen lassen?" Marika fand diese Unterstellung nicht nett und antwortete leicht verärgert: „Denkst du, wir sind blöd und lassen unsere Gläser irgendwo stehen?" „Nein, das denke ich nicht", sagte Rafael. „Ich gebe dir jetzt meine Handynummer. Ich würde es befürworten, wenn du dich morgen mal kurz meldest und mir sagst, wie es dir geht!" Somit schrieb Marika seine Handynummer auf einen Zettel und verabschiedete sich mit den Worten: „Dann hören wir uns ja morgen." Als sie auflegte, schaute sie Steffi sehr schmunzelnd an und sagte: „Ach, und er wird sicherlich auch jeder gleich die Handynummer geben!" „Ja, ist ja gut, du hast wahrscheinlich recht. Von schlechten Eltern ist er ja nicht." Marika war es noch leicht schwindelig, sie wollte dann auch schlafen. Steffi sprach beruhigend zu ihr: „Schlaf ruhig, ich bin da, falls was ist!" Marika konnte gar nicht mehr antworten, weil ihr die Augen zufielen und sie sofort einschlief. Am nächsten Tag wachten beide erst gegen Mittag auf. Steffi fragte gleich Marika, wie es ihr ginge. „Außer, dass ich einen tierischen Durst habe, geht es mir echt gut", antwortete Marika. Steffi forderte sie gleich auf, Rafael zu informieren. „Er wird bestimmt schon auf deinen Anruf warten."

„Neee! Jetzt lass uns erst mal gescheit wach werden, lass uns auch was essen. Ich habe nämlich total Hunger." Bei ihrem ersten Kaffee ließen sie den gestrigen Abend Revue passieren. Sie hatten beide noch im Kopf, was Rafael vermutete bzw. was er für eine er Diagnose stellte. Marika war gedanklich in der Bar, und da kam ihr die Eingebung. Steffi: „Wir haben doch bei Uli unsere Aperols bestellt und waren doch dann auf dem Klo!" Steffi wusste sofort, was sie damit sagen wollte, und bestätigte es. Da musste es passiert sein! „OMG. Echt heftig, dass uns so was mal passieren würde." Steffi fing wieder damit an:

„Du sollst noch jemanden anrufen, Marika! Jetzt mach schon. Stell auch auf laut, ich möchte gerne mithören, was er sagt!" Marika nahm ihr Handy und tippte Rafaels Nummer ein. Es klingelte eine ganze Weile; Marika wollte gerade auflegen, da ging er mit einem „Ja, hallo?" ran. „Ich bin es, Marika, von heute Nacht." Rafael freute sich und sagte: „Heeee, na wie geht's dir? Ich hoffe, es ist besser." Marika gab ihm zu verstehen, dass es ihr deutlich besser ginge und sie mit Steffi auch eine Situation gefunden hätte, wo man ihr die Tropfen scheinbar ins Glas tat. Sie entschuldigte sich außerdem bei ihm, dass sie gestern so forsch darauf geantwortet hatte. Rafael nahm das ganz locker und sagte: „Das kannst du gerne bei einem Kaffee mit mir wieder gutmachen." Marika lehnte es aber ab und sagte: „Mir ist momentan nicht nach Treffen mit Männern!" Rafael fand dies sehr schade. Er meinte: „Wir können ja in Kontakt bleiben, deine Nummer habe ich ja." Marika bedankte sich noch mal kurz für seine Hilfe und legte auf. Steffi schaute sie empört an: „Du hast jetzt gerade nicht wirklich ein Kaffeedate mit ihm abgesagt?" Sie war völlig ratlos über Marikas Verhalten. Marika erzählte ihr alles von Paul und dass sie nie mehr so verletzt werden wollte wie von ihm. Das konnte Steffi gut verstehen und meinte: „Dann lass dir Zeit, und schau einfach, was am besten für dich ist!" Beide verbrachten das Wochenende noch sehr chillig bei Marika in der Wohnung. Marika schlug Steffi etwas vor, sie drückte sich so aus: „Was hältst du davon, wenn du deine Wohnung kündigst und mit zu mir ziehst? Du bist eh die meiste Zeit hier, und ich könnte dir mein Büro als Zimmer anbieten. Du dürftest es natürlich so einrichten, wie du magst, und auch die Wände streichen. Ich habe damit kein Problem. Den Rest nutzen wir eh gemeinsam, und einkaufen gehen wir entweder immer zusammen, oder wir wechseln uns ab. Ich denke aber, das kriegen wir gut hin! Ich würde mich echt riesig freuen, wenn du Ja sagst. Die Miete teilen wir dann eins zu eins auf, und mit den Nebenkosten machen wir das genauso. Jetzt sag mal was dazu." Steffi war von der Idee richtig begeistert und fragte noch einmal: „Ist das echt dein Ernst? Ich habe eine dreimonatige Kündigungsfrist. In der Zeit könnten wir alles herholen und das Zimmer einrichten und streichen." Steffi nahm sich gleich Marikas Laptop und schrieb die Kündigung für ihre Wohnung. Sie schrieb rein, dass sie zum nächstmöglichen Termin kündigen möchte, eventuell ergäbe sich ja etwas, dass sie eher aus der Wohnung rauskönnte. Beide Mädels waren richtig happy über ihren Entschluss! Sie holten sich einen Sekt zum Anstoßen und freuten sich auf ihre eben geplante Umsetzung. Sie gingen dann ins Büro und schauten schon einmal, wie Steffi alles stellen könnte. Steffi hatte schon voll die tollen Ideen. Die Wände wollte sie auch weiß lassen, da sie einige Bilder zum Aufhängen hatte. Marika meinte: „Da wir eh oft entgegengesetzte Schichten haben, sehen wir uns jetzt endlich noch öfter! Ich freue mich so sehr, dass du zu mir ziehen möchtest! Ich lasse auch für dich die Schlüssel nachmachen, damit jeder einen hat." Sie ließen den Tag dann noch gemütlich ausklingen.

<< *Kapitel 8* >>

Die Zeit verging. Steffi wohnte bei Marika, und sie kamen in ihrer Ausbildung gut voran. Für Steffi stand fest, nach der Ausbildung in eine Praxis für Anästhesie zu gehen, weil sie einen Einsatz im OP auf Seite der Anästhesie hatte. Dort waren so viele Eindrücke, die sie überzeugten, dass sie in die Richtung gehen möchte. Für Marika hingegen stand fest, dass sie nach der Ausbildung noch weitermachen wollte. Sie hatte sich für ein Medizinstudium beworben. Marika setzte sich nämlich in den Kopf, dass sie mal Ärztin werden wollte. Ein neuer Einsatzort stand für beide bevor. Steffi kam auf die Entbindungsstation, und Marika sollte in die Notbehandlung. Mittlerweile waren beide auch nicht mehr aufgeregt, wenn was Neues kam. Nach ihrer ersten Frühschicht auf den neuen Stationen gingen beide mittagessen zu einem Chinesen. Dort tauschten sie sich über Neuigkeiten aus. Steffi war voll bezuckert von den ganzen Neugeborenen. Sie war hin und weg, sie durfte heute aber nur erst mal zuschauen und ein Baby kurz auf den Arm nehmen. Steffi sagte: „Morgen darf ich wohl auch einmal ein Baby wickeln und soll beim Baden helfen. Das ist echt so süß, die kleinen Babys. Es ist auch geplant, dass ich mal bei einem Kaiserschnitt dabei sein darf. Ich freue mich total darauf." Marika erwiderte: „So ist das Leben, auf der einen Station kommt neues Leben, und auf der anderen wird gestorben. Ich habe heute echt was Schreckliches erlebt." Sie fing an zu erzählen. Es wurde ein junger Mann mit Polytrauma angekündigt, er wurde von einem Traktor überfahren. Steffi unterbrach: „Oh Gott, wie geht denn so was?“ Marika erzählte weiter: „Wir haben bloß erfahren, dass er mit seinem Vater was gearbeitet hatte, und der Vater vergaß, die Bremse zu ziehen, und somit rollte das Ding los. Das ging alles so schnell, dass der Vater seinem Sohn nicht mehr helfen konnte, er wurde wohl komplett überrollt. Als er bei uns ankam, war er nicht bei Bewusstsein. Die Sanitäter, die ihn brachten, meinten, er habe wohl viele Knochenbrüche erlitten, und das Schlimmste waren, in der Tat, die Brüche im Becken. Dadurch vermutete man auch innere Blutungen.“ Steffi fragte: „Wie ging es weiter, hat er überlebt? War der Vater mit dabei?“ Marika fuhr fort: „Er kam dann notfallmäßig ins CT, und dort bestätigte man die inneren Blutungen. Er war immer noch bewusstlos. Er hing an so vielen Maschinen. Dann nahm die Tragödie ihren Lauf. Er bekam Kammerflimmern und wurde reanimationspflichtig. Es waren auf einmal viele zum Helfen da, Ärzte, Schwestern, Leute vom Röntgen. Sie gaben alles.“ Steffi hörte gespannt zu, sie äußerte immer mal wieder ein „Krass!“ oder ein „Ach du meine Güte!“. Sie war richtig fassungslos. Es kam ihr vor, als ob Marika aus irgendeiner Soap erzählte. Marika kam dann schon zum Schluss, sie sagte: „Sie haben, nachdem der Vater dann da war, mit der Reanimation aufgehört! Es gab keine Überlebenschance mehr. Du kannst dir nicht vorstellen, Steffi, wie das Zimmer aussah, wie auf einem großen Schlachtfeld, so viel Blut habe ich noch nie auf einmal gesehen. Es war einfach nur so traurig und so unrealistisch, das alles mit anzusehen. Er war genauso alt wie wir. Neunzehn Jahre. Wahnsinn, einfach so, aus und vorbei.“ Steffi wollte noch wissen, was mit dem Vater war. „Tja“, meinte Marika, der brach bitterlich zusammen und hatte richtig laut geschrien, es sei seine Schuld, dass er seinen Sohn auf dem Gewissen habe. Die Ärztin kümmerte sich mit um ihn, es wurde auch jemand von der Seelsorge dazugeholt. Das ist echt schrecklich, nur weil er die Bremse vergessen hatte anzuziehen.“ Steffi fragte erneut: „Kam dann auch die Mutter von ihm?“ „Nein, die war zu dem Zeitpunkt nicht zu Hause und wurde erst von der Ärztin informiert!“, meinte Marika.

„Das muss so schlimm sein, wenn man einen Anruf erhält und erfährt, dass das eigene Kind gestorben ist!“ Steffi streichelte Marika über ihre Hand und sprach ihr Mitleid aus: „Oh Mann, da hast du ja wieder was richtig Krasses erlebt!“ „Ja, in so einer Ausbildung bekommt man echt viele Eindrücke, und man sieht, wie nah doch Leben und Tod zusammen, in einem Haus, sind.“ Steffi ermutigte Marika, da sie eine sehr große Resilienz hatte, und sie war stolz darauf, so eine Freundin wie sie gefunden zu haben. Sie schlug Marika vor, noch etwas shoppen zu gehen, sie wollte ihre Freundin damit auf andere Gedanken bringen. Die Idee fand sie toll. Somit bezahlten die zwei und gingen los zum Shoppen. Beide liebten es, neue Klamotten zu kaufen, und sie schlugen auch ordentlich zu. Es stand fest, dass Marikas Examensstation die Innere werden sollte. Sie hatte mit Rafael nur regen Kontakt per Nachrichten schreiben. Auf der letzten Station musste man drei Monate bleiben, weil man dort exakt eingearbeitet wurde, sodass man die letzten Tage bedenkenlos einen eigenen Bereich übernehmen konnte.

Es war Mittwoch, Marika hatte Frühdienst. Es stand die große Wochenvisite an. Sie durfte mit ihrer zuständigen Schwester Annabel bei der Visite mitlaufen. Annabel sagte zu ihr: „Gleich geht die Visite los, dann lernst du mal alle Ärzte von unserer Station kennen.“ Wir werden nacheinander durch die Zimmer gehen und an jedem Patientenbett besprechen, was diese Woche noch so passieren wird. Punkt 8 Uhr kam dann eine große Gruppe von Ärzten, und Marika stockte der Atem. Plötzlich stand Rafael vor ihr. Er arbeitete auf dieser Station und fuhr nebenbei immer mal Notarzt. Marika fasste schnell wieder klare Gedanken und versuchte, sich nichts anmerken zu lassen. Sie stellte sich bei allen Ärzten erst mal vor. Rafael ließ sich auch nichts anmerken, und er begrüßte sie mit einem: „Guten Morgen, ich bin der Oberarzt Dr. Rafael Grünemann, aber du darfst mich gerne Rafael nennen.“ Die Visite ging eine halbe Stunde. Rafael suchte immer wieder Blickkontakt zu Marika. Sie hingegen wollte nicht, wenn jemand erfahren würde, dass sie sich bereits kannten und gab ihm deswegen nicht viele Möglichkeiten, Blickkontakt aufzunehmen. Nach der Visite zeigte Schwester Annabel, wie man die Arztanordnungen ausarbeitete. Es gab auch einige Entlassungen, für die die Ärzte noch Briefe schreiben mussten. Sie sagte zu Marika: „Such mal alle Kurven raus, die heute entlassen werden und bring sie vor ins Arztzimmer!" Marika dachte sich nur: „Na toll, hoffentlich ist Rafael nicht mehr dort." Sie suchte sich die Kurven raus, nahm sie und ging vor zum Arztzimmer. Dort klopfte sie an. Es passierte genau das, was sie schon befürchtete. Rafael öffnete ihr die Tür und sagte: „Ah, du bringst die Kurven für die Entlassungen, komm ruhig mit rein." Marika wollte keinen Stress verursachen und folgte seinen Worten. Es waren Gott sei Dank noch mehrere Ärzte mit im Zimmer. Sie kamen alle ins Gespräch. Marika erzählte, dass sie jetzt länger da wäre, weil sie hier Examen machen würde. Die Ärzte gaben ihr zu verstehen, sie begrüßten es sehr, dass sie hier sei. Darüber freute sich Marika, dass sie herzlich aufgenommen wurde. Sie ging wieder vor auf Station und arbeitete ihre Schicht zu Ende. Als sie nach Hause kam, war Steffi nicht da, sie hätte ihr so gerne sofort alles berichtet, aber sie hatte leider Spätdienst. Marika verbrachte den Nachmittag chillig auf der Couch und machte nebenbei ein bisschen Haushalt. Auf einmal bekam sie eine Nachricht. Beim Öffnen der Nachrichten sah sie gleich, dass sie von Rafael war. Sie legte das Handy noch einmal zur Seite, da sie gerade keine Lust darauf hatte. Sie wollte damit warten, bis Steffi nach Hause kam. Es wurde abends, und Steffi kam von ihrer Schicht heim. Sie hatte besonderes Glück. Anfangs sollte sie für ihr Examen auf die Chirurgie, aber die Schülerbegleitung war länger krank und deshalb wurde sie versetzt. Steffi durfte es sich aussuchen, und sie entschied sich natürlich für die Anästhesie. Es sah so aus, als ob es echt ihr Gebiet sei, und sie war richtig happy darüber. Steffi erkundigte sich, ob es was Neues gäbe. Marika beantwortete es mit einem langen „Jaaaaaaa, das gibt es wirklich, aber erzähl du zuerst, wie es bei dir heute war". „Na ja, bei mir war alles gut, wie damals schon, als ich dort meinen Einsatz hatte." Steffi sagte ganz aufgeregt: „Jetzt sag, was gibt es Neues? Ich möchte es endlich wissen!" Marika fing an und musste sofort schmunzeln: „Du glaubst nicht, wem ich heute begegnet bin! Ich fand es zwar nicht so schön, aber ich konnte es ja nicht ändern." Steffi kam jedoch nicht drauf, wen Marika meinen könnte. Somit spannte Marika sie auch nicht länger auf die Folter und verriet es. Also fing sie erneut an zu reden: „Heute war große Visite, und da kommen auch Oberärzte dazu. Ich war selber wie versteinert, als Rafael auf einmal vor mir stand. Er arbeitet wohl auf dieser Station und fährt nebenbei noch Notarzt, wie wir es ja schon selbst hautnah erlebt haben." Steffi meinte: „Na, wenn das nichts zu bedeuten hätte, das ist doch kein Zufall! Irgendwas will es dir sagen, Marika. Vielleicht solltest du dich doch mal mit ihm treffen." „Ich bin ja noch nicht fertig, warte mal ab. Als ich dann heute Nachmittag zu Hause war, kam eine Nachricht von ihm, aber ich habe sie noch nicht geöffnet." Steffi war verwundert. „Warum nicht?", fragte sie. „Ich wollte halt warten, bis du da bist und sie mit dir zusammen lesen." „Na los, dann mach es, auf was wartest du noch, Marika? Lies sie!"

Marika öffnete die Nachricht und fing an, sie vorzulesen. „Hey Marika, Mensch, das ist ja toll, dass wir uns auf diesem Wege wieder begegnen. Ich kann dir morgen gerne mal mein Arztzimmer zeigen. Ich freue mich, dass du mir jetzt, mit deiner Anwesenheit, jeden Tag versüßen wirst. LG, Raf." Marika beeindruckte es nicht, sie legte das Handy zur Seite. Steffi dagegen war völlig aus dem Häuschen. „Ich sag doch, da ist was, der will dich kennenlernen. Ich wusste es. Ich fand es nämlich damals, bei deinem Notfall, echt auffällig, wie er dich so anschaute, und als er dann noch sagte, du hast so wunderschöne Augen, war mir einiges klar." „Ach", erwiderte Marika, „jetzt warten wir mal ab. Scheinbar bekomme ich morgen sein Arztzimmer zu sehen." Steffi sagte: „Du musst mir dann alles haarklein berichten. Ich bin echt so gespannt, wie es mit euch weitergeht. Ich glaube wirklich, das könnte was mit euch beiden werden." Am nächsten Tag war Marika erneut auf Station, sie durfte, wie am Vortag, wieder mit auf Visite gehen. Raf verhielt sich zum Glück so diskret, dass keiner was vermuten konnte.

Beim letzten Patienten der Visite wurde dann zum Patienten gesagt, dass er gleich zum Herzkatheter abgeholt werden würde. Marika fragte Schwester Annabel, ob es möglich wäre, dabei einmal zuzuschauen. Sie ahnte ja bis dato nicht, wer den Katheter machen würde.

Schwester Annabel schaute zu Rafael und meinte: „Das geht schon klar, dass sie mal zuschauen darf, oder?“ Marika wurde gerade bewusst, was sie da selbst verursacht hatte. Sie war sogar ein bisschen genervt, dass es jetzt ausgerechnet Rafael war, der den Herzkatheter machte. Na ja, kann man nicht ändern. Rafael schaute zu ihr und sagte: „Klar, komm mit, ich zeige dir dann alles.“ Gesagt, getan.

Marika ging mit ihm mit. Als sie vor zwei Türen standen, meinte er: „Du musst jetzt dort rein und dich umziehen, die Kabinen sind leider getrennt, ich wäre gerne mit in deine gekommen.“ Marika dachte sich nur: „Boah, aber sonst geht's noch, wie billig ist das denn bitte?“ Sie ließ sich aber nichts anmerken und ging in ihre Umkleide. Am anderen Ende trafen sie sich wieder auf dem Gang, dort ging es direkt ins Herzkatheterlabor. Marika freute sich auf den Eingriff. Sie war sich noch nicht schlüssig, in welche Richtung sie dann mal gehen möchte nach ihrem geplanten Studium. Darum versuchte sie jede Möglichkeit zu nutzen, die ihr geboten wurde. Sie sprach Rafael an: „Wo soll ich mich hinstellen, dass ich nicht im Weg bin?“ Er gab ihr zu verstehen, dass sie ihm nie im Weg stehen würde. Er startete immer wieder kleine Flirtversuche. Marika zeigte ihm aber die kalte Schulter. Das Kathetern begann, Rafael erklärte jeden Schritt, was Marika doch beeindruckte. Er gab sich wirklich richtig Mühe. Nach der Untersuchung bedankte sie sich bei ihm. Rafael sagte: „Gern geschehen, wenn wir wieder umgezogen sind, zeige ich dir mal mein Arztzimmer.“ Marika lehnte dies aber ab, sie vertagte es auf ein anderes Mal. Rafael bot ihr an, nach ihrem Dienst vorbeizukommen. Marika merkte, dass er nicht lockerließ, und bejahte es. Auf dem Rückweg zur Station zeigte er ihr kurz, wie sie dorthin gelangte. Marika sagte: „Dann weiß ich jetzt Bescheid, und ich komme dann nach meiner Schicht mal vorbei!“ Sie wollte gerade gehen, da hielt Rafael sie an der Schulter fest und fragte: „Magst du dann einen Kaffee trinken oder was anderes aus der Cafeteria?“ Marika meinte: „Ach Quatsch, mach dir keine Umstände, ich brauche nichts!“ „Komm jetzt, sag, was trinkst du gerne, ich bringe es dir mit“, erwiderte Rafael. „Dann nehme ich bitte einen Kaffee mit Milch“, gab sie ihm zu verstehen. „O. k. das ist doch mal eine Aussage“, kam es von Rafael. Marika ging auf Station zurück und machte ihre Schicht zu Ende. Dann war es so weit, sie hatte ja ein Versprechen gegeben, dass sie ins Büro kommen würde. Sie ging sich aber erst umziehen. Da sie nicht vorhatte, lange zu bleiben, zog sie gleich ihren Mantel an. Anschließend ging sie zum Büro, dort klopfte sie an die Tür. Es kam erst mal keine Reaktion, sie dachte sich: „Na ja, dann halt doch nicht, dann kann ich ja jetzt gehen.“ In dem Moment ging doch die Tür auf, und da stand er, Dr. Rafael. Er war sprachlos, weil ihn Marikas Outfit so beeindruckte, und er sagte es ihr auch sofort: „Wow, du siehst echt toll aus, besonders der rote Mantel kommt richtig gut zur Geltung mit deinen schwarzen Haaren.“ Marika bedankte sich für das Kompliment und wurde hereingebeten. Das Zimmer war nicht groß, aber es war lichtdurchflutet, weil es eine große Fensterfront hatte. Dann stand dort ein stylischer Schreibtisch, auf dem viele Akten lagen. Ein Stuhl befand sich davor und dahinter, beide waren weiß und sahen gemütlich aus. An der Wand gegenüber gab es ein Waschbecken und einen Schrank. An der anderen Wand hing ein Bild von einer Skyline, das gefiel Marika richtig gut. Rafael rechtfertigte sich gleich, dass es halt nichts Besonderes sei. Er zeigte zum Stuhl und bat Marika, sich zu setzen. Auf seinem Schreibtisch standen zwei Becher mit Kaffee. Er lächelte und sagte: „Wir haben was gemeinsam, wir trinken unseren Kaffee gleich!“ Sie konterte sofort: „Als Mann den Kaffee mit Milch zu trinken, finde ich ungewöhnlich.“ „Du bist mir ein Freggerla“, antwortete er, „und deine Schlagfertigkeit gefällt mir richtig gut.“ Marika zuckte nur kurz mit den Schultern, für sie war es nichts Besonderes, und fragte: „Was ist denn ein Freggerla?“ Er erklärte ihr das Wort. „Es bedeutet, dass man gewitzt, sympathisch und frech ist.“ „Aha“, kam es von Marika zurück. Rafael versuchte ein Gespräch aufzubauen, er fragte sie, ob sie noch einmal K.-o.-Tropfen bekommen hätte oder ob sie jetzt besser auf sich aufpassen würde. Es harmonierte zwischen ihnen, und es gab immer wieder kleine Sticheleien, die es interessant hielten. Rafael fand Marika echt toll. Er wollte mehr von ihr wissen, aber das gestaltete sich echt schwierig, weil Marika es nicht zu ließ. Somit verabschiedete sie sich. Sie sagte: „Ich muss dann mal los, danke für den Kaffee! Wir sehen uns.“ Rafael wollte gerade aufstehen, um sie zu drücken, aber Marika war so schnell draußen, so schnell konnte er gar nicht reagieren. Am nächsten Tag, als sie auf Station kam, hing ein Zettel an der Stecktafel, auf dem stand, dass Marika heute ab 8 Uhr mit im Echo sein sollte. Sie freute sich darauf, da sie sehr wissbegierig war, bis sie erfuhr, wer für das Echo zuständig war. Schwester Annabel bestätigte ihr, dass sie den Rest der Woche bis Freitag mit Rafael im Echo eingeteilt war. In Marika stiegen gemischte Gefühle auf, einerseits wusste sie, dass sich Rafael wirklich Mühe gab, andererseits wusste sie auch, dass er jede Gelegenheit nutzen würde, mit ihr zu flirten. Marika war bis 8 Uhr noch gut beschäftigt und konnte nicht weiter darüber nachdenken. Als es dann so weit war, ging sie vor zum Arztzimmer. Sie wurde schon erwartet, da die Tür aufstand. Vor dem Arztzimmer saßen bereits einbestellte Patienten, die zum Echo kamen. Sie trat herein, Rafael saß auf dem Stuhl und schrieb irgendwas am PC. Er begrüßte sie mit einem „Guten Morgen“ und meinte: „Du kannst gleich Frau Eberling aufrufen!“ Marika war etwas verwundert, weil Rafael so kühl war. Dann ging es auch schon los. Rafael stellte sich und Marika kurz Frau Eberling vor, und dann sollte die Patientin sich obenrum ausziehen und auf die Liege legen. Er bat sie, sich auf die linke Seite zu drehen. Marika fragte gleich: „Warum kann sie nicht auf dem Rücken liegen bleiben?“ Rafael war voll in seinem Element und fing an zu erklären. Die linke Seite ist wichtig, da das Herz der Brustwand näher ist und der Abstand zwischen seinem Schallkopf und dem Herz geringer wäre. Es ist auch wichtig, dass die Patienten den linken Arm nehmen und unter ihren Kopf legen, dadurch wird der Raum zwischen den Rippenknochen erweitert, und ich kann es umgehen, die Rippen zu schallen. Er nahm ein Gel und schmierte damit den Schallkopf ein und etwas auf Frau Eberlings linker Seite. Rafael gab kurz einen Hinweis, dass es jetzt dunkel werde, und schon ging das Licht aus. Marika saß neben ihm auf einem Stuhl, damit sie auf dem Bildschirm alles erkennen konnte. Die Patientin lag mit dem Rücken zu ihnen, somit waren sie unbeobachtet. Rafael fing an zu schallen und erklärte jeden Schritt, was er sah, und zeigte hin und wieder mal auf den Monitor. Marika zeigte großes Interesse. Sie stellte immer wieder Fragen, was das sei oder was es bedeute. Rafael gefiel ihr Interesse, und er beantwortete ihr jede Frage. Als die Patientin fertig war, durfte sie gehen, sie erhielt noch eine kurze Info, dass ihr Hausarzt den Befund erhalten würde. Rafael hatte ein Diktiergerät auf dem Schreibtisch, dort sprach er nach jedem Patienten den jeweiligen Befund rein. Marika sollte währenddessen immer die Liege mit neuem Papier bestücken und das Ultraschallgerät säubern. Dann waren ihre weiteren Aufgaben, den Nächsten aufzurufen und die dazugehörigen Unterlagen bereitzulegen. Marika fand diese Arbeit etwas eintönig, umso mehr versuchte sie, den Sinn eines Echos zu verstehen. So verging die Zeit recht schnell. Am Schichtende beteuerte Rafael, dass er sich auf morgen freue, wenn sie ihm wieder assistieren würde. Marika verabschiedete sich und wünschte ihm noch einen schönen Nachmittag. Sie zwinkerte ihm zu und sagte: „Dann bis morgen, Herr Dr. Grünemann!“ Da Rafael noch bis 16 Uhr Schicht hatte, machte er alleine weiter … Als Marika zu Hause war, klingelte das Telefon, sie dachte, es sei schon wieder Rafael und ging deswegen etwas genervt ran. Sie meldete sich mit einem „Jaaaaaa“, aber am anderen Ende war Robert. Marika freute sich total, und ihre Laune ging sofort ins Positive über. „Hallo Papa, schön, dass du anrufst! Es gibt keinen besseren Zeitpunkt. Ich habe dir so viel Neues zu berichten.“ Robert freute sich auch, seine Tochter zu hören. „Wie geht es dir, mein Kind, wie läuft es auf der Arbeit, und wie geht’s Steffi?“ Er stellte Fragen über Fragen.

Marika dachte noch, dass jetzt Rafael dran sein würde, und fing an, von ihm zu erzählen. „Papa, ich bin jetzt endlich auf meiner Examensstation, und nun ist bald das Ende in Sicht. Das ist eine Innere Station, und die sind da alle total nett, und es ist ein interessantes Fachgebiet. Ich habe in den drei Jahren meine Richtung gefunden, die ich nach der Ausbildung gehen werde. Es soll auf jeden Fall irgendetwas Chirurgisches werden. Innere ist nicht meins, aber diese Woche bin ich mit einem Arzt, den ich Rafael nennen darf, im Echo eingeteilt. Er zeigt mir wirklich viel, und ich glaube, er ist von mir sehr begeistert." „Soso", gab Robert immer wieder mal zu verstehen. „Ach, und Papa, das weißt du ja auch noch nicht, ich war mal einen Abend mit ein paar Leuten in der Stadt unterwegs, da habe ich Rafael schon kennengelernt." „Ach", meinte er, „war er auch feiern?" „Nee, nicht wirklich. Dieser Vorfall war mir auch etwas peinlich, aber ich konnte nichts dafür." „Wie, du konntest nichts dafür, was ist denn passiert? Erzähl schon." „Na ja, wie gesagt, wir waren abends in der Stadt unterwegs. Steffi und ich sind zur Toilette gegangen, und wir hatten Uli beauftragt, uns ein Getränk mitzubestellen." Robert hatte gleich Einwände: „Ah, ihr habt zu viel getrunken!" „Nein, Papa, du weißt doch, ich kenne meine Grenzen. Es war echt kein schönes Erlebnis. Als wir dann von der Toilette wiederkamen, war Uli schon draußen, und unsere Getränke standen an der Bar. Ich mache eine Kurzfassung, wir haben dann unseren Aperol getrunken, und daraufhin wurde mir schlagartig schwindelig, und ich kollabierte. Ich war auch scheinbar bewusstlos, was mir Steffi dann im Nachhinein erzählte." „Oh Gott, Marika, das ist ja schlimm, und dann, wie ging es weiter?", fragte Robert. „Na ja, es dauerte wohl ein bisschen, eh ich wieder bei Sinnen war, deshalb riefen sie auch den Notarzt an. Jetzt darfst du dreimal raten, wer der Notarzt war." „Ja, der Rafael", meinte Robert, und er war schon ganz gespannt, was Marika ihm gleich noch berichten würde. Marika fuhr fort: „Die haben mich dann mit in die Klinik genommen und dort stellte man leider fest, dass ich K.-o.-Tropfen intus hatte." „Wie K.-o.-Tropfen?" Robert war erschüttert, „und das erzählst du mir erst jetzt, Tage später?!" „Papa", sagte Marika: „Ich wollte nicht, dass ihr euch Sorgen macht, außerdem, was hättest du tun wollen?" „Ja, da hast du recht, aber bitte, gib beim nächsten Mal Bescheid, obwohl ich nicht möchte, dass es ein nächstes Mal geben wird. Was hat es jetzt mit dem Rafael auf sich?", fragte er neugierig. „Ach ja, es geht ja weiter", lachte Marika am anderen Ende. „Steffi hatte damals den Eindruck, dass er mich toll fand, er hatte auch nach meiner Nummer gefragt. Anfangs hatten wir uns etwas geschrieben, und dann flachte es ab. Als ich später auf meine Examensstation kam, stand er auf einmal vor mir. Das war mir nicht so recht, aber was hätte ich machen sollen? Ja, und jetzt sitze ich, diese Woche, mit ihm in seinem Arztzimmer und assistiere ihm, bei allen Dingen, die er mir aufträgt." Robert freute sich für Marika und meinte: „Das klingt doch gut, und ich bin heilfroh, dass dir den Abend nichts weiter passierte! Man hört so viel Scheiß mit diesen K.-o.-Tropfen, da möchte ich auch gar nicht weiter darüber nachdenken. Na ja, mein Kind, bei uns gibt es nicht viel Neues, Kelly geht's gut, sie hat öfters noch ihre Flüge mit meinen Kollegen, und ich bin wie immer, hier und da mal. Apropos Kelly, ich soll dich ganz lieb von ihr grüßen." Marika richtete liebe Grüße zurück aus. „Papa, ist es o. k, wenn wir jetzt auflegen? Ich bin echt müde. Ich hatte Steffi versprochen, noch mit ihr was zu essen." „Ja, alles gut, mein Kind. Bitte pass auf dich auf, und achte auf dich. Du bist mir das Wichtigste, und wenn dir etwas passieren würde ..." „Papa", unterbrach ihn Marika und bestätigte ihm, dass er sich keine Sorgen zu machen brauchte. Sie bedankte sich für den Anruf, sagte ihm, wie lieb sie ihn hatte, und legte auf. Den restlichen Abend verbrachte sie mit Steffi. Ihr berichtete sie auch von dem heutigen Tag mit Rafael. Steffis Vermutungen bestätigten sich dadurch immer mehr, aber Marika wollte es nach wie vor nicht wahrhaben.

<< *Kapitel 9* >>

Am nächsten Morgen ging Marika wie gewohnt zur Arbeit, nach der Übergabe durfte sie dann wieder mit zu Rafael. Wenn sie wüsste, dass sich heute ihre Einstellung zu Rafael ändern würde ... Es war mittlerweile mittags. Marika rief den nächsten Patienten rein und bereitete so weit alles vor. Rafael machte das Licht aus, setzte sich auf seinen Stuhl und begann zu schallen. Marika war in Gedanken, sie war richtig abwesend, da es ja keiner merken konnte. Auf einmal zuckte sie zusammen, sie spürte eine Hand auf ihrem Oberschenkel und war in der Tat erschrocken. Rafael streichelte mit seiner Hand über ihren Oberschenkel. Sie war kurzzeitig wie erstarrt, aber sie ließ es zu. Rafael war so zärtlich, er ging immer auf und ab. Es war ein angenehmes Gefühl. Marika versuchte ein Ablenkungsmanöver, weil sie Bedenken hatte, dass der Patient etwas mitbekommen könnte. Sie sagte zu dem Patienten: „Gleich haben sie es geschafft, dann wissen sie, ob wieder alles o. k. ist!" Rafael ließ nicht von ihr, ihm schien es sehr zu gefallen. Er beteiligte sich an dem Gespräch und gab dem Patienten die Bestätigung, dass alles in Ordnung wäre. Rafael stand auf und machte das Licht wieder an. Er suchte sofort Blickkontakt zu Marika und zwinkerte sie an. Bei Marika löste es ein Lächeln aus. Sie konnte gar nicht mehr aufhören mit Schmunzeln. In ihr kam ein Gefühl hoch, dass sie so noch nicht kannte. Sie hatte leichtes Herzklopfen, und ihr wurde auf einmal so warm. Marika räumte auf und bereitete für den letzten Patienten wieder alles vor.

Sie strahlte über beide Ohren. Als dann der letzte Patient auf der Liege lag, ging das Licht wieder aus. Marika wurde nervös, weil sie nicht wusste, ob es Rafael noch einmal wagte. Ihr Herz klopfte so schnell, dass sie auch einen trockenen Mund bekam, weil sie so tief atmete. Es kam wie erwartet, Rafael legte erneut seine Hand auf ihren Oberschenkel. Dieses Mal ergriff Marika auch die Chance und legte ihre Hand auf seinen Oberschenkel. Sie spiegelte ihn, sie tat alles, was er machte, wenn er mit seiner Hand hoch streichelte, folgte sie ihm, wenn er runterging, folgte sie ihm, und dann geschah es, Rafael nahm ihre Hand und führte sie zu seinem Schwanz. Marika stellte fest, dass er erregt war. Sie wusste nicht, wie sie mit dieser Situation umgehen sollte und fing einfach an, über seine Hose mit härterem Druck zu streicheln. Es fühlte sich gut an, sie merkte, dass es Rafael auch gefiel, weil sein Schwanz richtig hart wurde. Doch dann sagte er zu dem Patienten: „So, wir haben es!“ Marika nahm sofort ihre Hand weg, weil sie wusste, dass in jedem Moment das Licht angemacht würde. Rafael musste sich aber noch etwas akklimatisieren und zeigte dem Patienten am Monitor, dass nicht alles in Ordnung wäre. Er solle doch bitte in einem halben Jahr zur Wiedervorstellung kommen. Marika stand in der Zeit auf, da sie auch wollte, dass der Patient nicht merkte, wie erregt Rafael war. Für ihn war es schwierig, wieder klare Gedanken zu fassen, weil er es richtig heiß fand, was da gerade lief. Er bat dann Marika das Licht anzumachen. Sie vergewisserte sich noch einmal, ob er sich sicher war. Rafael antwortete ihr: „Ja klar, du kannst das Licht jetzt anmachen. Wir sind fertig.“ Beide verabschiedeten den Patienten, und dann waren sie kurz alleine. Rafael war hin und weg und wollte sich Marika schnappen, um sie zu küssen. Sie ließ es aber nicht zu, weil sie nicht wusste, wohin das führen sollte. Sie sagte zu ihm: „Das geht nicht, wie schaut das denn aus, eine Schülerin und ein Arzt! Wir können das nicht machen.“ Rafael meinte: „Es ist doch egal, was die anderen denken, ich merke doch, da ist was zwischen uns!“ Marika erwiderte: „Ja, das kann schon sein, aber es geht nicht! Es tut mir leid!“ Sie ging dann zurück auf Station und ließ ihn stehen, wie bestellt und nicht abgeholt. Bei Rafael löste es noch mehr Jagdtrieb aus, er wollte sie unbedingt haben. Am Abend bekam Marika eine Nachricht von ihm. Dort stand drin: „Heee, sorry für heute, ich wollte dich nicht überfallen. Ich finde dich einfach so toll, und du gehst mir nicht mehr aus dem Kopf. Besteht eine Möglichkeit, dass wir uns mal privat treffen? Kuss, Rafael." Marika merkte beim Lesen, dass es sie doch nicht kaltließ, und ihr wurde warm ums Herz. Sie wollte ihn auch sehr gerne mal privat treffen. Sie entschied sich, nicht zu antworten, und wartete bis zum nächsten Tag. Es war Freitag, auf Station waren einige von den Examinierten krank, deshalb konnte Marika nicht mit zum Echo gehen. Sie musste auf Station bleiben und dort mithelfen. Es gab so viel zu tun, dass sie auch keine Visite mitbekam, somit sah sie Rafael ebenfalls nicht. Sie nahm sich aber vor, nach dem Dienst in Rafaels Arztzimmer zu gehen und ihn einfach aufzusuchen. Sie hatte vor, ihn zu überraschen und ihm zu zeigen, wie sie für ihn empfand. Nach der Schicht ging sie sich umziehen, und dann machte sie sich auf den Weg zum Arztzimmer. Marika öffnete die Tür und kam herein.

Rafael war völlig perplex. Sie stand in ihrem roten Mantel vor ihm und schmunzelte. Rafael bat sie, die Tür zu schließen und näher zu kommen. Marika meinte: „Bist du dir da sicher?" Rafaels Augen sprachen in dem Moment Bände. Marika schloss die Tür und ging ein paar Schritte auf ihn zu, bis der Schreibtisch zwischen ihnen war. Rafael fragte: „Welches Anliegen führt dich zu mir?" Er blickte ihr dabei tief in die Augen und begann auch mit Schmunzeln. Rafael ging auf Marika zu und begrüßte sie, mit einer sehr langen und innigen Umarmung. Somit brach die Distanz zwischen ihnen. Er fühlte sich warm an, und Marika hörte seinen tiefen Atemzug, als er meinte: „Schön, dass du da bist!" Marika fühlte sich erleichtert, weil sie in dem Augenblick wusste, sie ergriff jetzt die Initiative. Sie nahm ihre Hände, führte sie zu seinem Gesicht und fing an ihn mit ihren Lippen zu berühren. Es funktionierte, Rafael ließ sich total darauf ein und erwiderte ihren Kuss. Er war so leidenschaftlich.

Ihre Lippen und Zungen waren eins, es harmonierte einfach. Seine Lippen waren so zart und weich. Rafael konnte gar nicht aufhören, es war so intensiv. Marika genoss es auch total, und in ihrem Kopf kreisten die Gedanken; endlich war es passiert, und es war noch viel besser, als sie es sich je vorgestellt hatte. Als sie voneinander ließen, fragte Rafael: „Willst du nicht erst mal deinen Mantel ablegen?“ Marika war noch völlig in Trance und antwortete mit sanfter Stimme: „Ja, könnte ich machen!“ Sie zog ihren Mantel aus, legte ihn auf den Stuhl und setzte sich auf den Schreibtisch. Rafael stand jetzt genau vor ihr, in seiner weißen, lockeren Hose, seinem weißen Hemd, mit sehr vielen Knöpfen, die Marika schon gedanklich aufknöpfte. Darüber hatte er einen langen weißen Arztkittel. Sein Anblick war einfach hinreißend. Marika zog ihn ran und fing an Knopf für Knopf zu öffnen, dabei schaute sie ihm tief in die Augen. Rafael schien es zu genießen. Als das Hemd offen war, streichelte Marika ihm über seinen glatt rasierten Oberkörper. Er fühlte sich richtig gut an, so männlich. Sie war erstaunt, wie weit sie es schon brachte. Sie fing an seinen Hals zu küssen, dabei ließ sie das aufgeknöpfte Hemd und den Arztkittel über seine muskulösen Schultern nach unten auf den Boden fallen. Rafael erstarrte kurz und meinte: „Was ist, wenn jetzt jemand kommt bzw. wenn uns jemand hört?“ Marika versuchte ihn wieder für sich zu gewinnen und sagte: „Jetzt schalte mal ab, und genieße es, da kommt schon keiner!“ Sie liebkoste seinen Hals; plötzlich merkte sie, dass seine Brustwarzen hart wurden. Sie flüsterte ihm ins Ohr: „Gleich wirst du gar nichts mehr denken können!“ Mit diesem Satz hatte sie ihn. Rafael fing tatsächlich an mitzumachen. Er küsste sie leidenschaftlich, es wurde richtig innig und intensiv. Er verspürte eine gewisse Habgier. Marika merkte, dass es ihm gefiel. Rafael wurde richtig stürmisch, sein Atem wurde schneller, und er war total erregt, was Marika an ihrem Knie feststellte. Rafael ging ihr an die Wäsche. Er krabbelte mit seiner Hand unter ihren Pullover und fing an ihre Brüste zu streicheln. Marikas Brustwarzen wurden auch richtig hart und erregt. Sie standen wie eine Eins. Ihre Hand wanderte währenddessen so langsam in Richtung seiner weißen Hosen. Sie streichelte mit härterem Druck, vorne und außen drüber. Sie spürte Rafaels pure Erregung. Sie zögerte nicht lange und steckte ihre Hand in seine Hose. Rafaels Atem wurde schneller, und er bat Marika: „Bitte höre nicht auf!" Marika schmunzelte und begann mit ihrem handwerklichen Können. Rafael machte das richtig scharf. Er zog Marikas Pullover aus und öffnete mit einer Hand ihren BH. Somit saß sie oben ohne vor ihm auf seinem Schreibtisch. Dieser Anblick brachte Rafael noch mehr in Wallung. Er massierte ihre Brüste und knabberte an ihren Brustwarzen. Er stöhnte immer wieder auf von Marikas handwerklicher Begabung. Rafael wurde so verrückt nach ihr, dass er all die Sachen, die hinter Marika auf seinem Schreibtisch lagen, zu eliminieren begann, sodass ausreichend Platz war. Dann flüsterte er ihr mit schnellem Atem ins Ohr: „Ich will dich jetzt und hier!" Marika stöhnte darauf laut auf, nahm seine Hand und führte sie in ihre Hose, in ihren Slip. Dort spürte Rafael, wie erregt auch sie war, es war der pure Reiz. Beide hatten das Verlangen nach mehr. Rafael strich ihr die Hose runter und sagte: „Lege dich nach hinten!" Er drückte sie sanft mit dem Oberkörper nach unten, bis sie lag. Seine Hand glitt über ihre Brüste bis zu ihrem Gesicht, Dort spielte er mit ihren Lippen. Sie umschlossen seine Finger, und er stöhnte erneut auf. Rafael küsste sie wieder heiß und innig. Er wanderte etagenweise runter, bis zu ihren Oberinnenschenkeln. Er schob ihren schwarzen Spitzenslip zur Seite und verwöhnte sie mit seiner Zunge. Marika stöhnte mehrfach auf und genoss es in vollen Zügen.

Plötzlich spürte sie seinen Finger in ihr, die Explosion nahte. Der gute Herr Doktor wusste also genau, wie, wo und was er zu tun hatte. Da war er, sie kam zum Höhepunkt. Marika stöhnte so laut, dass Rafael meinte: „Nicht so laut bitte, uns hört jemand!" Marika war völlig in Trance, sie konnte nicht anders, als erneut laut aufzustöhnen! Rafael legte seine Hand sanft auf ihren Mund, um die Lautstärke zu verringern. Marikas Körper bebte und zuckte überall, so intensiv war es. Rafael merkte auch an seinen Fingern, wie sich alles zusammenzog vor lauter Erregung. Marika legte ihr rechtes Bein auf seiner Schulter ab und suchte Blickkontakt zu ihm. Sie stöhnte und sagte: „Jetzt nimm mich endlich richtig!“ Sie nahm sein erregtes, hartes Glied in die Hand und führte ihn ein. Es glitt megagut. Rafael war Feuer und Flamme und sagte mit schnellem Atem: „Du machst mich so heiß!“ Er fing an sie intensiv zu nehmen. Der Schreibtisch, der sonst feststand, wackelte richtig mit.

Es war einfach nur erotisierend, intensiv und hemmungslos. An seinem Atem und Tatendrang merkte Marika, dass er jetzt kommen würde. Sie wollte unbedingt mit ihm zusammen noch mal einen Höhepunkt erleben. Somit legte sie selbst Hand an und stöhnte auf: „Du bist der Hammer, ich komme gleich!“ Dieser Satz törnte Rafael so an, dass er noch mal alles gab, und beide kamen zeitgleich zum Höhepunkt. Sie stöhnten zusammen auf, selbst Rafael war es in diesem Moment richtig gleichgültig, ob sie jemand hörte! Er nahm Marika an ihrer Hüfte und drückte sie noch einmal fest an sich, um den Moment zu genießen. Er war danach so außer Atem, dass er sich kurz nach vorne beugte und sich auf ihr ablegte. Vor lauter Endorphinen ließ er erneut einen tiefen Atemstoß von sich und war glückserfüllt. Sie schauten sich beide an und mussten schmunzeln. Beide hatten eine leichte Röte im Gesicht und strahlten. Sie zogen sich beide an, so richtig konnten sie aber nicht von sich lassen, deswegen gab es immer wieder intensive Blickkontakte. Marika fragte: „Soll ich dir noch schnell beim Aufräumen helfen?“ Rafael strahlte immer noch und meinte: „Nein, alles gut!“ Sie nahm ihren roten Mantel vom Stuhl, entschuldigte sich für die besagte Störung und wünschte ihm noch einen schönen Tag! Rafael dämmerte es, und er rief: „Halt, was wolltest du eigentlich von mir?“ Marika zwinkerte mit dem Auge und erwiderte: „Es hat sich erledigt!“ Sie ging noch mal zu ihm, gab ihm einen Kuss und bedankte sich. Dann kehrte sie ihm den Rücken zu und verließ das Zimmer. Rafael stand völlig neben sich, er versuchte klare Gedanken zu fassen und räumte erst mal auf. Er öffnete das Fenster, weil es sehr verrucht roch, und er selber brauchte auch etwas frische Luft, um durchzuatmen. Als er fertig war mit Aufräumen, sprühte er sich etwas Parfüm drauf und widmete sich wieder seiner Arbeit. Rafael fiel es sichtlich schwer, klare Gedanken zufassen. Er hatte immer wieder Marikas Stöhnen im Ohr. Er wollte unbedingt eine Fortsetzung. Rafael beschloss dann, für heute Feierabend zu machen, weil er sich einfach nicht mehr konzentrieren konnte. So ein Erlebnis hatte er zuvor noch nie mit einer Frau. Er war total perplex über Marika. Seine Gedanken kreisten noch den restlichen Tag darum, was er mit ihr in seinem Arztzimmer erlebt hatte. Rafael nahm abends sein Handy und schrieb Marika eine Nachricht. Er schrieb: „Wahnsinn, was du mit mir anstellst. Ich bekomme diesen Moment einfach nicht mehr aus dem Kopf, wie du vor mir auf meinem Schreibtisch lagst und zu mir sagtest: ‚Jetzt nimm mich endlich richtig.' Mir gefällt es, wenn Frauen wissen, was sie wollen. Ich wünsche dir eine gute Nacht, und ich freue mich auf eine Fortsetzung. Kuss, Rafael." Er erhoffte sich eine sofortige Antwort, aber Marika hatte scheinbar ihr Handy ausgestellt, weil die Nachricht nicht durchging. Rafael wollte dann selber ins Bett. Er war voller Vorfreude, was Marika zurückschreiben würde. Rafael war so verzaubert von dieser Frau, er wollte sie unbedingt für sich haben. Als er am nächsten Morgen aufstand, war immer noch keine Nachricht von Marika auf seinem Handy. Rafael überlegte, wie er so schnell wie möglich Marika wiedersehen könnte. Da hatte er eine Idee. Er wusste, dass Marika heute zu Hause war und nichts weiter geplant hatte. Er fuhr zu Marikas Wohnung und steckte ihr dort einen kleinen Brief in den Briefkasten. Dort stand drin, dass er sich freuen würde, wenn Marika später zum See kommen könnte. Sie sollte bitte Badesachen mitbringen und sich einfach überraschen lassen. Rafael sah auch gerade, wie sie die Treppe runterkam, und sprang schnell auf sein Motorrad und fuhr davon. Er ging davon aus, dass sie den Brief jetzt erhielt und auch lesen würde. Marika ging nichts wissend zum Briefkasten, um Post zu holen. Sie sah den Brief von Rafael und freute sich über diese Post. Sie öffnete ihn sofort und las ihn. Marika liebte Überraschungen und war voller Erwartungen auf später. Eigentlich hatte sie andere Pläne, aber die warf sie über Bord. Sie packte ihre Strandtasche, schnappte sich den schönsten Bikini, den sie hatte, und machte sich richtig hübsch. Rafael war währenddessen schon auf dem Weg zum See. Er wollte Marika mit einem Picknick überraschen und hatte dafür alles eingekauft. Er besorgte Alkohol, Erdbeeren und Sahne. Am See schaute er dann, wo eine ruhigere Ecke war, denn er wollte Marika für sich alleine. Er wollte sie hautnah spüren. Rafael hoffte so sehr, dass Marika kommen würde. In dem Moment ging sein Handy, Marika war dran. Er begrüßte sie mit den Worten: „Hey, schön dich zu hören!“ Marika teilte ihm mit, dass sie den Brief erhalten hatte und sich jetzt gleich zu ihm auf den Weg machte. Sie klärten kurz ab, zu welcher Stelle genau an dem See sie kommen sollte.

Gemacht, getan. Als Marika ankam, war sie perplex, was Rafael für sie vorbereitet hatte. Sie begrüßte ihn mit einer herzlichen, innigen Umarmung. Rafael freute sich, sie wiederzusehen, und genoss den Moment, als sie sich umarmten. Er gab ihr einen Kuss und sagte: „Schön, dass du gekommen bist, Marika!“ Sie setzten sich beide auf die Decke. Rafael goss ihnen ein Glas Sekt ein und stieß mit ihr an. Marika zog sich aus, weil es echt schön warm war. Rafael gierte richtig nach ihr, so heiß sah sie wieder aus. Sie war knackig braun und hatte einen gelben, knappen Bikini an. Rafael zog sich auch aus, er hatte eine rote Badeshorts an, Marika fand ihn ebenfalls sehr heiß. Sie beschlossen ins Wasser zu gehen. Im Wasser konnten beide die Finger nicht voneinander lassen, sie knutschen heftig rum und waren die ganze Zeit eng umschlungen. Rafael griff ihr zwischen die Beine und krabbelte in ihr Höschen, dort begann er, sie zu fingern. Er wurde dadurch selber sehr erregt. Marika ergriff die Initiative, nahm seinen harten Schwanz und rieb ihn hin und her. Sie schob ihr Bikinihöschen ganz zur Seite und sagte in einem Stöhnen zu Rafael: „Jetzt fick mich endlich!“ Sie nahm Rafaels harten Schwanz und steckte ihn in sich rein. Durch das Wasser war es für Rafael leicht, Marika zu halten. Die Bewegungen waren sehr intensiv. Dass sie jemand erwischen hätte können, war für beide sehr reizvoll. Sie waren in voller Ekstase und trieben es heftig im Wasser. Rafael kam dann zum Höhepunkt. Marika stöhnte: „Oh nein, ich wollte doch auch!“ Rafael sagte: „Du kommst schon noch zum Zuge! Lass uns mal rausgehen.“ Sie nahmen sich ihre Handtücher und gingen zurück zur Decke. Dort legten sie sich erst mal ab und ließen sich von der Sonne trocknen. Marika war etwas auf Krawall und stachelte Rafael ständig an bzw. neckte ihn. Sie sagte: „Toll, du bist einfach schon zu alt, um meine Anforderungen zu erfüllen, du bist viel zu früh gekommen. Jetzt liege ich hier total unbefriedigt! Das habe ich eben davon, wenn ich mich auf so alte Männer wie dich einlasse!“ Rafael meinte: „Mmmmh, wie können wir das Problem lösen?“ Zur gleichen Zeit nahm er eine Erdbeere und steckte sie Marika in den Mund. Danach nahm er die Sahne und sprühte sie auf Marikas Bauch, Brüste und Oberinnenschenkel. Marika war etwas erschrocken und meinte: „Hallo, geht's noch, was soll das jetzt?“ Rafael ging darauf gar nicht ein und fing an ihr die Sahne genüsslich abzulecken.

Marika war wieder schnell in dem Gefühl der Ekstase und stöhnte auf. Da in der Zeit kaum noch weitere Leute am See waren, war es Rafael egal, er schob ihr Höschen erneut zur Seite und begann sie zu lecken. Es war wundervoll, er schaffte es mit seiner Zungenakrobatik, Marika zum Orgasmus zu bringen. Marika war so nass, dass Rafael wieder einen Ständer bekam. Marika griff nach seinem Kopf, holte ihn sich hoch und küsste ihn heiß und innig. Sie stöhnte ihm ins Ohr: „Lass uns dahinter gehen, an den Baum, da sieht uns keiner!“ Sie konnten beide gar nicht so schnell schauen, so schnell waren sie an dem Baum. Rafael nahm sich Marika von hinten und stieß sie tief. Sie lehnte gegen den Baum und fand es einfach nur Hammer, so von Rafael genommen zu werden. Sie schafften es, beide gleichzeitig zu kommen. Als sie sich kurz akklimatisiert hatten, gingen sie zurück zur Decke und leerten noch die Flasche Sekt. Mittlerweile war es so spät, dass auch die Sonne unterging. Es wurde total romantisch. Die Sonne hinterließ am Himmel richtig tolle Farben. Marika musste dann los. Sie verabschiedete sich mit den Worten: „Wir lesen voneinander, oder wir sehen uns demnächst." Sie küssten sich noch einmal, und dann fuhr sie nach Hause. Rafael packte noch, in aller Ruhe, die Sachen ein und machte sich auch auf den Weg nach Hause. Auf dem Heimweg kam ihm wieder der Gedanke, dass ihn Marika schon in der Klinik was fragen, oder sagen wollte. Er hatte sie wieder nicht darauf angesprochen. Als er zu Hause war, rief er sie noch einmal an. Marika ging auch ran. Rafael sagte: „Du warst doch gestern, in der Klinik bei mir, da wolltest du mir irgendwas sagen?" Du hattest nichts mehr erwähnt, mich interessiert es aber, was du wolltest. Marika wusste gar nicht genau, was er meinte und antwortete: „Nee, ich weiß nicht, was du meinst!" Sie überlegte kurz, und dann fiel es ihr doch wieder ein. „Stimmt, jetzt weiß ich es wieder." Sie fing an zu lächeln und meinte: „Ich wollte dir nur zeigen, wie ich für dich empfinde. Ich mag dich auch total und finde dich sehr anziehend, aber es geht nicht, dass mehr daraus wird." Marika verabschiedete sich dann, weil sie müde war. Rafael wünschte ihr noch eine gute Nacht und beteuerte ihr, dass er den Nachmittag mit ihr toll gefunden hatte. Ein paar Tage vergingen. Marika und Rafael arbeiteten oft zusammen. Sie verstanden sich richtig gut, und es merkte keiner, was wirklich zwischen ihnen lief. Steffi und Marikas Examen rutschte immer näher. Sie mussten einiges dafür lernen. Sie nutzen oft das schöne Wetter und gingen raus, nahmen sich eine Decke und lernten zusammen. Rafael bot seine Hilfe an, um mit ihr zu lernen, aber das nahm Marika nicht an. Sie hatte nach wie vor noch Mauern um sich, und es war für Rafael schwierig, an sie ranzukommen. Er gab aber nicht auf. Der Tag des Examens kam, und es war so weit. Die schriftlichen Prüfungen waren schon vorbei, und heute stand die praktische an. Marika war sehr aufgeregt, aber sie hatte sich sehr gut vorbereitet. Ihre Begleitschwester Annabel hatte auch ein gutes Gefühl und machte ihr Mut, dass alles gut gehen würde. Dieser Vormittag verging auch; sie hatte es geschafft, diese Prüfung mit einem „sehr gut" zu absolvieren. Marika war so happy, weil es jetzt endlich vorbei war. Als sie sich dann mit Schwester Annabel unterhielt, kam auf einmal Rafael dazu. Auch er wollte wissen, wie es lief, und gratulierte ihr mit einer herzlichen Umarmung. Er flüsterte ihr ins Ohr: „Wenn du fertig bist, komm in mein Zimmer." Marika war erschrocken, weil sie nicht damit rechnete, dass er so was sagte. Sie gab ihm keine Antwort und lächelte ihn nur an. Rafael wusste, dass sie kommen würde. Er hatte sich voll die Mühe gegeben und was für sie vorbereitet. Nachdem Marika auf Station fertig war, ging sie wirklich zu ihm ins Zimmer. Sie klopfte dezent an die Tür und ging hinein. Sie traute ihren Augen kaum, denn auf seinem Schreibtisch stand ein Blumenstrauß. Er war so schön, er bestand aus langstieligen, weißen, prachtvollen Rosen. Marika konnte ihren Blick gar nicht abwenden, damit wusste Rafael, dass er einen Volltreffer gelandet hatte. Er fragte: „Gefallen sie dir?" Marika sagte mit einem euphorischen Ton: „Boah, ja, die sind ja der Hammer. Sind die echt für mich?" „Ja, sind sie, damit wollte ich dir zeigen, dass ich heute an dich gedacht habe und die ganze Zeit in Gedanken bei dir war." Marika war so erfreut, dass sie ihm einfach um den Hals fiel und ihn tatsächlich küsste. Sie war eh schon happy wegen der Prüfung und jetzt noch mehr. Sie merkte, dass die Gefühle zu Rafael immer intensiver wurden. Sie küssten sich leidenschaftlich, und Rafael konnte nicht aufhören. Marika meinte dann: „Ich möchte meinen Abschluss mit dir feiern, mit dir alleine!" Rafael riss die Augen auf und war überrascht. „Echt, mit mir willst du feiern?", fragte er. „Darüber freue ich mich. An was hast du denn gedacht?" Marika antwortete: „Ich werde dir heute Abend eine Nachricht mit allen Infos schicken, lass dich einfach mal überraschen. Ich muss jetzt echt los, ich treffe mich gleich noch mit Steffi; ich möchte unbedingt wissen, wie es bei ihr gelaufen ist." Sie gab ihm noch einen dicken Kuss und ging dann. Rafael war hin und weg. Er konnte es kaum erwarten, was in dieser Nachricht heute Abend stehen würde. Er merkte, dass es so langsam mit Marika in die richtige Richtung ging. Sein Verlangen nach ihr wurde immer größer, er wollte sie unbedingt haben, als feste Freundin, einfach alleine für sich. Er würde auch alles dafür geben, es war wirklich sein größter Wille. Am Abend kam dann wirklich die versprochene Nachricht von Marika, und in ihr stand: „Hey Rafael, ich würde gerne mit dir einen Abend alleine verbringen und meinen Abschluss gebührend feiern. Plan bitte mit ein, dass wir übernachten werden, eventuell. Hol mich doch bitte morgen, 19 Uhr einfach ab, und dann lass dich einfach überraschen. Kuss, Marika." Rafael war hellauf begeistert und antwortete ihr gleich. Er fand es toll, wie geheimnisvoll sie war. Sie sorgte immer wieder für Passion. „Danke für deine Nachricht, ich freue mich schon auf morgen und bin echt gespannt, wie und mit was du mich überraschen möchtest. Ich bin dann 19 Uhr bei dir. Schlaf schön. Kuss, Raf." Am nächsten Tag um 19 Uhr stand Rafael unten und klingelte Marika mit dem Handy an; sie erschien kurz am Fenster und gab ihm ein Zeichen, dass sie gleich runterkommen würde. Rafael konnte es kaum noch erwarten, sie gleich wiederzusehen. Er war auch gespannt, was sie an anhaben würde. Er fand ihren Kleidungsstil immer sehr sexy und verführerisch. Er stieg aus und lehnte sich an sein Auto. Als kleine Aufmerksamkeit hatte er eine Sonnenblume dabei. Er wusste, dass Marika diese Blumen liebte.

Marika war nicht wie alle anderen Frauen, sie mochte keine Romantik oder Kerzen, Schnulzen, rote Rosen. Sie war was Besonderes und Einzigartiges. Dann kam sie endlich, sie hatte ein tolles luftiges, weißes Shirt und Jeansshorts an. Ihre Haare hatte sie zu einem Pferdeschwanz gebunden und ihre Augen strahlten wie immer. Sie war einfach charismatisch. Rafael begrüßte sie mit einer Umarmung und einem anschließenden Kuss. Er machte ihr gleich ein Kompliment, wie toll sie wieder einmal aussah. Marika bedankte sich und meinte: „Du siehst auch gut aus, Raf!" Er hatte ein oranges Shirt an, was seine Bräune und Muskeln mega betonte. Er trug kurze Shorts und Flipflops dazu. „Können wir los?", fragte Marika. Rafael antwortete: „Ja klar, wenn du mir sagst, wohin ich fahren soll?" Rafael nahm ihr das Gepäck ab, und dann stiegen sie ins Auto, und Marika gab Anweisungen, wohin es ging. Sie scherzte mit ihm und sagte: „Wie war das noch mal, wenn der Fahrschullehrer nichts sagt, dann immer geradeaus!" Rafael liebte ihren Humor und fing an zu lachen. Zur gleichen Zeit legte er wieder seine Hand auf ihren Oberschenkel, lehnte sich rüber zu ihr und flüsterte: „Ich freue mich, Sweety!" Marika legte ihre Hand auf seine und gab ihm zu verstehen, dass sie es auch toll fand. Es knisterte richtig zwischen ihnen. Sie unterhielten sich über alles Mögliche. Es fühlte sich für beide so an, als ob sie sich schon ewig kennen würden. Auf einmal bat sie ihn, anzuhalten. „Was ist denn hier?", fragte er und hielt an. „Schau, da ist eine schöne Lichtung, da könnten wir ein bisschen spazieren gehen." Es war wirklich wunderschön, die Bäume standen im Schatten, und die Sonne durchflutete alles. Lass uns mal schauen, wo der Weg hinführt, Rafael. Sie stiegen aus und genossen den schönen Moment. Rafael nahm Marikas Hand, und sie gingen los. Sie steckte ihre Hand in seine Potasche und schmiegte sich in seinen Arm. Die Vögel zwitscherten, die Sonne schien, es war angenehm und die Chemie zwischen ihnen passte. Rafael sah auf einmal einen Hochstand und schlug ihr vor, dort einmal hochzuklettern. Ihm kam sofort ein schmutziger Gedanke. Er malte sich gerade aus, wie es wohl wäre, es dort mit ihr zu treiben. Währenddessen war Marika schon oben und rief runter: „Na komm schon, du alter Mann! Hier oben ist die Aussicht noch schöner, Raf. Pass aber auf, die fünfte Stufenleiste ist schon angeknackst!" „Na warte, wenn ich erst oben bin", beteuerte Rafael ihr. Marika lehnte sich leicht aus dem kleinen Fenster und beobachtete ihn, wie er hochkletterte. Als er oben war, stellte er sich hinter sie und umschlang sie mit seinen Armen. „Du hattest recht, hier oben ist es gleich noch mal viel schöner."

Rafael ließen die Gedanken nicht los, er wollte es unbedingt umsetzen und es mit ihr wild treiben. Er drehte Marika zu sich, und fing an sie zu küssen. Es wurde wieder ein sehr intensiver Kuss, weil das Marika einfach mal richtig draufhatte. Rafael wurde durch das Küssen und seine schmutzigen Gedanken richtig heiß. Er kniete sich vor ihr hin und fing an ihre Hose aufzuknöpfen. Marika war verwundert und dachte sich, was er wohl vorhatte? Sie streichelte ihn durch seine Haare, inzwischen war ihre Hose offen und fiel zu Boden. Er begann sie an den Oberschenkeln zu küssen und arbeitete sich nach oben, zum besagten tiefen Punkt. Dort schob er ihr Höschen zur Seite. Er spielte mit seiner Zunge und machte sie dadurch richtig heiß. Marika griff ordentlich in seine Haare und gab ein Stöhnen von sich: „Oooooh, mach weiter, hör nicht auf!“ Er fing an, sie endlich intensiv zu lecken, er verführte sie förmlich mit seiner Zunge. Währenddessen merkte er, wie feucht sie wurde und wie es ihr scheinbar gefiel. Sie stöhnte immer wieder auf. Er nahm seine Finger mit zum Einsatz und leckte voller Leidenschaft an ihrem Lustnoppen rum. Seine Finger waren tief in ihr, und er fand ihren G-Punkt. Den stimulierte er so massiv, dass er es schaffte, sie zum Orgasmus zu bringen. Marika war so erregt, sie stöhnte, zuckte, in ihr gab es ein heftiges Feuerwerk. Sie drückte Rafael mit seinem Kopf so gegen sich, dass er nicht anders konnte, als weiterzumachen, weil Marika dieses Gefühl noch eine Weile genießen wollte. Sie wurde noch nie im Stehen verführt. Rafael machte genauso weiter, und er schaffte es tatsächlich, sie ein zweites Mal zu holen. Es war für ihn alles, Marika glücklich zu machen. Nach dem zweiten Mal hörte er dann auf, da ihn Marika auch selber zu sich hochzog. Sie sagte zu ihm: „Du bist echt der Hammer!“ Sie stand noch ohne Shorts da, und Rafael hatte noch nicht genug, er drehte sie zum Fenster und drückte sie leicht nach vorne. Er war selber voll erregt, sodass er einen Harten hatte. Er öffnete auch seine Hose und ließ sie zu Boden gleiten, danach schob er erneut ihr Höschen zur Seite und wollte sie gescheit von hinten nehmen. Er drang in sie ein und vögelte sie. Er griff in ihre Haare und zog leicht daran, um mehr Druck zu bekommen. Mit seiner anderen Hand krallte er sich in ihre Brust. Sie fanden es beide sehr heiß und erregend. Marika hielt sich an dem kleinen Fenster fest, weil Raf so wild und in seinem Element war. Man hörte förmlich, wie die beiden Körper aneinanderklatschten. Es dauerte nicht lange, und er kam fast zum Ende. Er zog aber vorher seinen Schwanz aus ihr und beendete es mit seiner Hand. Er rieb ihn noch kurz hin und her, und dann spritzte er ihr auf den Rücken. Sie spürte, dass es warm wurde, und hörte dabei sein Aufstöhnen. Nach einem kurzen Moment drehte sie sich um, schmunzelte ihn zufrieden an und sagte: „Bist du also auch fertig! Wer macht das jetzt auf meinem Rücken weg?“ Rafael entschuldigte sich für diese Sauerei, zog ein Taschentuch aus seiner Hose und wischte alles behutsam weg. Er streichelte ihr über den Rücken und meinte: „Jetzt ist alles sauber.“ Sie zogen sich an und kletterten vom Hochstand wieder runter. Rafael war schon unten, und Marika folgte ihm. Sie war etwas schnell unterwegs und dadurch vergaß sie, dass eine Stufe defekt war. Plötzlich hörte man nur noch ein Knacksen, und es passierte. Sie brach durch die Stufe und rutschte komplett runter. Es gab einen Aufprall, sie landete auf dem Boden und knallte mit ihrem Kopf auf. Sie lag erst mal um. Rafael war total erschrocken, er griff sofort nach ihr und fragte: „Ach du Scheiße, ist alles in Ordnung?“ Marika konnte gar nichts antworten, sie stand kurzzeitig unter Schock. Bei ihr drehte sich alles. Nach ein paar Sekunden gab sie dann doch Antwort. „Ich glaube, es passt alles.“ Sie richtete sich auf, blieb aber noch am Boden sitzen. Auf einmal merkte sie, wie es an ihrem Bein warm wurde, sie blutete. Sie musste sich an dem durchgebrochenen Holz verletzt haben. Es hörte tatsächlich gar nicht mehr auf zu bluten. So langsam kam auch der Schmerz dazu. Ihr Schienbein war komplett aufgeschürft. Sie ärgerte sich selbst und war leicht wütend: „Oh Mann, ich bin echt so dumm, ich sag es dir noch, und dann passiert es mir selbst!“ Rafael beruhigte sie und meinte: „Es ist jetzt passiert, du kannst es nicht mehr ändern! Hier, nimm das Taschentuch und versuche es drüberzulegen, dass kein Dreck reinkommt. Ich gehe schnell zum Auto und hole aus dem Erste-Hilfe-Kasten Verbandszeug. Wir kriegen dich schon wieder hin! Tut dir noch irgendetwas weh?“, fragte er noch besorgt. „Nein, Raf, mir geht es wirklich so weit gut. Warte kurz, ich bin gleich wieder da.“ Marika konnte auch noch nicht wirklich aufstehen. Sie blieb sitzen und tupfte mit dem Taschentuch auf ihrem Bein rum. Als Raf dann Verbandsmaterial hatte, versorgte er sie damit. Marika scherzte und meinte: „Na Gott sei Dank habe ich meinen Privatarzt dabei, es könnte mich schlechter treffen! Ich werde in Naturalien bezahlen, Herr Oberarzt!“

Rafael antwortete: „Ach, du wieder, aber es scheint dir ja wirklich wieder gut zu gehen, wenn du schon wieder so frech sein kannst!“ Er desinfizierte die Wunde, legte eine Kompresse auf und wickelte ihr den Unterschenkel mit einer Mullbinde ein.

Marika gab ihm ein Kompliment, wie liebevoll er sich gerade kümmerte und dass er richtig gut Erste Hilfe leistete. Nachdem Marikas Bein versorgt war, half er ihr aufzustehen. Es ging recht mühsam, aber sie schaffte es, bis ins Auto zu kommen. Marika wollte jetzt auf gar keinen Fall alles abbrechen und nach Hause fahren. Sie bat Rafael zu ihrem besagten Ort zu fahren. Es dämmerte schon langsam. „Da vorne bitte links, und dann sind wir auch schon da“, gab Marika ihm zu verstehen. Rafael wunderte sich, als er links abbog. Hier ist doch gar nichts. Nur eine große Wiese. „Was wollen wir hier machen?“, fragte er. Marika fasste ihn an seine Schulter und blickte ihm tief in die Augen. „Wir sind doch jetzt hier, und ich habe vor, mit dir hier eine Nacht zu zelten.“ Rafael schaute verdutzt. Okay. „Du bist echt verrückt! Aber ich bin dabei!“ Sie freute sich darüber und gab ihm gleich eine Ansage: „Ich möchte außerdem auch sehen, was du handwerklich kannst! Im Kofferraum liegt ein Zelt, und du darfst es jetzt aufbauen, aber ich helfe dir verständlicherweise. So ist das also, ich werde jetzt auf Herz und Nieren geprüft, was ich alles kann. Suchst du dir wohl danach deine Männer aus?“, fragte er. Das fand Marika nicht witzig und gab ihm eine forsche Antwort: „Denkst du, ich nehme die Katze im Sack! Ich bin gespannt, wie schnell du es hinbekommst.“ Das ließ sich Rafael kein zweites Mal sagen. Er stieg aus dem Auto und begann das Zelt aufzubauen. Er bat sie, sich einfach nur hinzusetzen und zuzuschauen, da sie ja verletzt war. Es dauerte nicht lange, zack, zack stand das Zelt. Marika war verblüfft und lobte ihn mit den Worten: „Raf, das schätze ich sehr, was du jetzt hier in so kurzer Zeit auf die Beine gestellt hast, das hat mich richtig beeindruckt.“ Man sah wie Raf anfing zu grinsen. Dieses Kompliment ging runter wie Öl. Er musste es aber noch mit einem Satz besiegeln: „Hast du wirklich was anderes erwartet? Das ist für mich keine Herausforderung!“ „So, was wäre denn eine für dich?", fragte sie interessiert. „Mmmmmm, du bist eine Herausforderung für mich. Du bist so unnahbar, so fern, so schwierig zu knacken." „Ah ja", dachte sich Marika und gab ihm darauf keine Antwort. Stattdessen stand sie auf und ging zum Kofferraum, um die restlichen Sachen auszupacken. Ihre Gedanken kreisten, dennoch stellte sie fest, er hatte recht. Marika beschloss, einen Schritt auf ihn zuzugehen. Sie wusste auch schon, wie sie es anstellen würde. Als sie das Zelt so weit eingerichtet hatten, legte sich Rafael ab. Marika kuschelte sich an ihn ran. Sie legte sich seitlich neben ihm, da es mit ihrem Bein besser war. Ihre Hand legte sie auf seinen nicht vorhandenen Bauch und streichelte ihn. Er nahm sie ihn ihren Arm und gab ihr einen Kuss auf ihre Stirn. Sie seufzte und sprach: „Ich genieße gerade den Moment mit dir in vollen Zügen, und ich glaube, ich finde dich ganz okay." Raf drückte sie sanft weg und blickte ihr in die Augen, ganz okay ...? „Na, dann passt es ja", gab er zu verstehen. Sie blieben noch ewig so liegen und erzählten über Gott und die Welt. Dann wurde es dunkel; Raf versicherte sich, ob Marika wirklich bleiben wollte, wegen ihres Beins. Er zweifelte daran, dass es nachts mit dem Liegen gehen würde. Für Marika war es aber machbar. Sie waren bis in den Morgenstunden wach, dann schliefen beide ein. Es dauerte nicht lange, da fingen die Vögel wieder an zu zwitschern, und dadurch wurden sie wieder wach. Sie fühlten sich beide wie erschlagen, da sie wenig geschlafen hatten. Marika wollte dann so schnell wie möglich nach Hause, weil ihr Bein doch ganz schön schmerzte. Rafael packte alles zusammen, baute das Zelt ab und lud alles ins Auto ein. Er machte sich auch ein bisschen Sorgen um Marikas Bein, er schlug vor, auf dem Rückweg in der Klinik anzuhalten, um es anschauen zu lassen. Das wollte aber Marika nicht, sie meinte zu ihm: „Ach, das wird schon wieder, du kommst einfach noch mit zu mir, dann frühstücken wir in aller Ruhe, und danach kannst du es ja noch einmal verbinden!" Rafael willigte ein, und somit fuhren sie zu ihr nach Hause. Dort angekommen, half Raf ihr aus dem Auto und begleitete sie nach oben. Er war sehr gespannt, wie die Wunde wohl aussah. Er zögerte nicht lange und fing sofort an, sie erneut zu verbinden. Während des Verbandswechsels fragte Marika: „Und, Herr Doktor, was spricht der Experte?“ Raf war überrascht, weil es doch nicht so schlimm war, wie er es erwartet hatte. Er gab ihr die Bestätigung, dass es richtig gut aussah und er jetzt auch der Meinung sei, nicht in die Klinik fahren zu müssen. „Sag ich doch“, antwortete sie ihm. Anschließend holte er alles aus dem Auto. Marika richtete in der Zeit das Frühstück und machte es sich schon auf der Couch bequem. Sie hatte auch einen Sekt mit hingestellt, weil sie ja mit ihm noch auf ihren Abschluss anstoßen wollte. Nachdem Raf fertig war, setzte er sich zu ihr und nahm beide Sektgläser; er wollte gerade beginnen, etwas zu sagen, da unterbrach sie ihn und sprach: „Halt, ich habe erst was zu sagen. Ich freue mich, endlich meinen Abschluss zu haben, aber noch mehr freue ich mich, dass wir uns kennengelernt haben und du jetzt hier bei mir bist! In diesem Sinne: Prost!“ Raf war ganz erstaunt über ihre Worte, er genoss den Moment, schwieg und stieß mit ihr an!

<< *Kapitel 10* >>

Am Abend rief Marika Robert an, sie hatte das Bedürfnis, mit ihm zu reden. Steffi war nämlich übers Wochenende in ihrer Heimat, sie plante ihren Rückzug, da sie in einer Anästhesiepraxis beginnen wollte. Marika erzählte ihm, voller Euphorie, vom gestrigen Abend, den sie mit Rafael verbracht hatte. Papa: „Du wirst es nicht glauben, aber Rafael wollte eigentlich damals Pilot werden, hat sich allerdings dann doch für die Medizin entschieden. Als ich ihm erzählte, dass du Pilot bist, war er richtig baff und meinte, er will dich gerne mal kennenlernen." Marika schwärmte richtig von ihm, aber sie war immer noch unsicher, ob sie sich auf ihn einlassen könnte. Robert fragte: „Was ist er für dich, in deinen Augen, er scheint dir ja ganz schön den Kopf verdreht zu haben!" „Ach Papa, ich weiß auch nicht, einerseits, finde ich ihn echt toll, aber ich habe Bedenken, wieder so verletzt zu werden wie damals mit Paul." „Mein Kind", kam von Robert, „ich mache dir einen Vorschlag. Ich muss das nächste Wochenende runter nach Österreich, dort habe ich einen Dreh. Du hast doch jetzt erst mal noch eine Weile frei. Ich könnte schon am Freitag kommen und würde in München am Flughafen anfragen, ob ich eine Lizenz zum Landen bekomme. Dann hätten wir den Freitag für uns und könnten über alles reden und auch mal wieder Zeit miteinander verbringen. Du fehlst mir nämlich total. Frag ihn doch einfach, ob er mit uns mitkommen möchte, und dann könnte ich mir selber mal ein Bild von ihm machen. Ich habe aber ehrlich gesagt ein gutes Gefühl, was ihn betrifft." Marika war sich noch unsicher und meinte: „Ich überlege es mir und sag dir dann Bescheid." Marika freute sich, dass sie ihren Papa demnächst wiedersehen würde. Die Meinung von ihm war ihr im Leben immer hilfreich, und er hatte auch fast immer recht. Sie beendeten das Gespräch und verblieben so, dass Robert Bescheid gäbe, ob er die Lizenz bekäme. Sie war froh, dass sie ihren Papa hatte, mit ihm konnte sie über alles reden. Er war ein sehr wichtiger Mensch in ihrem Leben. Marika ging dann schlafen. Am nächsten Tag beschloss sie, auf ihre Station zu gehen und dort als Dankeschön was abzugeben. Ihre Hoffnung war aber, dass sie eventuell Rafael dort anträfe. Marika bekam noch ein Geschenk von der Station. Es war ein weißes Stethoskop; da sie erzählt hatte, welchen Weg sie weitergehen möchte, war es perfekt.

Auf dem Weg nach draußen hielt sie noch einmal an Rafaels Zimmer an und klopfte. Sie schaute hinein und sagte: „Sorry für die Störung, hättest du kurz Zeit?" Rafael war etwas verwundert, weil er mit ihr nicht gerechnet hatte. Er lächelte sofort und antwortete: „Klar, komm rein und mach die Tür zu." Marika beteuerte: „Es dauert auch nicht lange, ich will dich nicht von der Arbeit abhalten, ich möchte dir nur kurz was sagen. Mein Papa Robert kommt am Wochenende zu Besuch, und er möchte dich sehr gerne mal kennenlernen. Er weiß ja von meinen Erzählungen, dass du alles, was das Thema Fliegen betrifft, sehr interessant findest! Er wird die Lizenz bekommen, dass er in München landen darf, und dann würde er mit uns einen Flugausflug machen. Rafael fand das Angebot super. Marika machte ihm gleich einen Vorschlag, dass sie sich Freitagabend melde, um ihm zu sagen, wann er zum Flughafen kommen sollte. Marika sagte: „Das war es auch schon, ich geh dann mal wieder!" Rafael stoppte sie und ging auf sie zu, er nahm sie in seine Arme und küsste sie auf ihre Stirn. „Ich freue mich, deinen Papa kennenlernen zu dürfen. Dann bis Freitag. Ach, und Marika, eins noch: Du störst nie!" Marika lächelte ihn an und verließ das Zimmer. Am Freitagabend landete Robert auf dem Münchner Flughafen. Marika wartete am Gate auf ihn. Sie freute sich total, ihn endlich wiederzusehen. Als Robert Marika sichtete, lief er etwas schneller, sie fielen sich beide in die Arme und drückten sich herzlichst. Dann fuhren sie mit dem Zug weiter, zu Marika ihrer Wohnung. Robert war überrascht, was Marika noch daraus gemacht hatte. Sie hatte nämlich Farbe reingebracht.

Im Wohnzimmer waren zwei Wände in Royalblau gestrichen, dadurch kamen die hohen weißen Flügeltüren und ihre weiße Einrichtung noch mehr zur Geltung. Robert war wieder mal sehr beeindruckt von seinem Kind. Sie hatten sich so viel zu erzählen, und beide fanden es schön, sich wiederzusehen. Robert fragte Marika: „Apropos Rafael: Hast du ihm erzählt, dass ich hier bin und ihn sehr gerne kennenlernen möchte? Ich habe auch mehrere Infos, wie die nächsten Tage ablaufen würden. Also mein Kind: Ich muss morgen Mittag in Tirol sein. Dort werde ich gebraucht, weil die bei dem Dreh vom Bergdoktor einen Piloten mit eigener Maschine haben möchten. Ich soll wohl dann den Martin Gruber zu einem Notfall in die Berge bringen. Das soll eine Sondersendung werden, die dort gedreht wird. Wir würden dann auch bis Sonntagabend dortbleiben, weil so eine Szene nicht von jetzt auf gleich im Kasten ist! Ihr könntet ja in dieser Zeit die Möglichkeit nutzen, etwas Schönes zu machen." Robert war schon öfters in Österreich gewesen. Daher konnte er auch Marika richtig gute Vorschläge machen. „Ihr könntet zum Beispiel an den See gehen, den Achensee, er ist wunderschön, weil er türkisblaues Wasser hat. Viele sagen auch Tiroler Meer dazu. Oder ihr geht ein bisschen wandern. Abends treffen wir uns dann wieder im Hotel und essen gemeinsam zu Abend." Marika fand die Idee super und griff zum Telefon, um Rafael anzurufen. Sie berichtete ihm, wie der Plan für morgen aussehen würde. Er sollte doch bitte Badesachen und Wanderzeug mit einpacken. Als sie auflegen wollte, bat Rafael sie, noch ein bisschen mit ihr zu telefonieren. „Sweety, geh doch bitte in ein Zimmer, wo wir ungestört sind." Marika fragte: „Wieso?" „Mach es einfach", antwortete er. Marika meinte: „O. k., warte kurz, ich rufe dich gleich zurück!" Sie legte auf und gab Robert zu verstehen, dass sie jetzt ins Bett gehen würde. Für Robert kam es ganz gelegen. Sie meinte: „Papa, mach es dir auf der Couch gemütlich, du weißt ja, wo alles ist! Ich wünsche dir eine gute Nacht." Robert gab ihr einen Kuss auf die Stirn und sagte: „Schlaf schön, und bis morgen." Marika ging ins Schlafzimmer, nahm das Telefon und rief Rafael mit den Worten: „Heee, da bin ich wieder!" zurück. Rafael bat Marika, sich hinzulegen und es sich gemütlich zu machen. Er meinte: „Versuch dich etwas zu entspannen!" Seine Stimme wurde ein wenig leiser und wirkte leicht erotisierend. „Ich liege gerade auf meiner Couch und habe nur noch Shorts an. Sweety, was hast du gerade an?" Marika merkte, was er vorhatte, und sie machte mit. Sie sprach auch mit einer verführerischen Stimme: „Noch bin ich angezogen, aber das lässt sich ändern, weil ich mich jetzt ausziehen werde! Mit was soll ich beginnen?" Rafael wollte Details, was sie drunter anhatte. Er bat Marika: „Könntest du mir ein Foto schicken?" Marika ließ ihn aber zappeln und meinte: „Ich habe genau das an, was du an mir magst! Ich sage nur ROT!" Rafaels Atem wurde schneller, und er begann zu stöhnen. Er meinte: „Ich fasse ihn gerade an, und ich merke, wie er wächst und hart wird! Ich schiebe gerade meine Vorhaut auf und ab und stelle mir vor, wie er in deiner Hand liegen würde." Das gefiel Marika, sie erwiderte: „Ich fass mir gerade an meine Brüste und drück härter zu. Ich stell mir vor, wie du es bist und du an meinen Brustwarzen saugst und knabberst." Am anderen Ende ertönte ein erregtes Stöhnen. „Oh Sweety, mach weiter, er wird gerade richtig hart! Gedanklich helfe ich dir beim Ausziehen, und das macht mich richtig heiß auf dich! Ich sehe dich gerade vor mir." Marika stöhnte auch auf und berichtete, wie ihre Hand in ihr Höschen glitt und sie merkte, wie nass sie schon war! Sie beteuerte ihm, wie gut er gerade ihren Lustnopen massierte, und stöhnte mit den Worten auf: „Bitte, mach weiter, Raf!" Sie meinte: „Ich stecke mir gerade zwei Finger rein, und es gleitet verdammt gut, so heiß bin ich!" Dann sagte sie zu ihm: „Jetzt steck mir endlich deinen harten Schwanz rein und besorge es mir so richtig!"

Rafael meinte: „Ich rubbele ihn mir gerade so arg, dass ich das Gefühl habe, in deiner nassen Lustgrotte zu stecken. Du bist so verdammt gut, Sweety: Ich komme gleich ..."

Marika stöhnte auch auf und kam zum Orgasmus! Beide hechelten ins Telefon und stöhnten gemeinsam auf. Marika fasste als Erstes wieder einen klaren Gedanken, sie bedankte sich für das besondere Telefonintermezzo und wünschte Raf eine gute Nacht! Rafael war noch in völliger Trance. Er meinte nur kurz: „Ja, wir sehen uns morgen, ich habe es eben voll genossen! Schlaf gut, Sweety!"

Am Morgen danach wachte Marika auf und es roch schon nach Kaffee. Robert hatte für beide einen gemacht. Er schlug Marika vor, noch in Ruhe irgendwo frühstücken zugehen, bevor es dann losging. Sie machten sie beide fertig, packten ein paar Sachen zusammen und gingen zum Frühstücken. Robert war schon ganz gespannt auf Rafael. Nach Marikas Erzählungen schien es ein sehr emphatischer Mann zu sein. Dann ging es los. Robert und Marika fuhren mit dem Zug zum Flughafen, und dort wartete schon Rafael auf sie. Marika stellte beide Männer einander vor. „Papa, das ist Rafael, und Rafael, das ist mein Papa." Robert und Rafael schüttelten sich die Hände und klopften sich auf die Schulter. Beide nahmen es sehr gelassen. Robert machte ihm sofort klar, er möchte es nicht, dass er „Sie" zu ihm sage!" Um diese Situation aufzulockern sprach er zu ihm: „Mensch, wir beide haben ja gewisse Gemeinsamkeiten bzw. Vorlieben." Rafael wurde leicht nervös und antwortete: „So was hat Marika Ihnen, oh sorry, ich meinte dir, denn erzählt?" Robert schmunzelte und sagte darauf: „Natürlich nichts, was mich nichts angeht! Ich dachte da eher an das Fliegen und meine Tochter Marika!" Rafael atmete erleichtert auf und sagte: „Ach so, ja, da hast du recht, Robert!" Marika unterbrach die beiden Männer und fragte: „Können wir dann endlich losfliegen, Papa?" „Ja klar, dann mal auf, auf zum Flieger." Robert gab Rafael noch eine kurze Führung in und um seinen Privatjet, was Rafael sehr beeindruckte. Als sie dann endlich alle drei drin waren und sich angeschnallt hatten, startete Robert die Maschine. Rafael durfte direkt neben ihm sitzen und sich alles mit anschauen! Sie waren nicht lange in der Luft, weil die Flugstrecke von München bis nach St. Johann in Tirol nicht weit war. Sie unterhielten sich während des Fluges so gut, als ob sie sich schon ewig kennen würden. Das gefiel Marika auch gut, bis auf den Moment, als Robert fragte: „Was seid ihr jetzt eigentlich? Seid ihr ein Paar?“ Marika stellte sofort klar: „Nein, Papa, sind wir nicht!“ Rafael schaute Marika an und zuckte mit seiner Augenbraue. Er flüsterte ihr zu: „Es wäre aber mein größter Wunsch, mit dir zusammen zu sein.“ Marika wusste genau, wie Rafael fühlte und über sie dachte, doch sie konnte es nicht zulassen, obwohl sie ihm auch nicht abgeneigt wäre. Robert trat die Landung an und brachte die Maschine sicher und behutsam zu Boden. Dort wurde er von einem Fluglotsen in ein Abteil gelotst, wo er mit seinem kleinen Privatjet einparken durfte. Nachdem die Maschine stand, ließ Robert den Motor aus und öffnete den Ausstieg. Rafael wollte Marika seine Hand reichen zum Aussteigen, aber sie nahm es nicht an und gab ihm zu verstehen: „Das schaffe ich gerade noch alleine, danke!“ Außen stand schon jemand von der Filmcrew, der Robert bereits sehnlichst erwartete. Er stellte sich kurz vor. Sein Name war Tom. Er hielt einen Regenschirm bereit, weil es aktuell gussnieder regnete. „Ich bringe euch gleich zu eurem Hotel, dort könnt ihr erst mal einchecken und ankommen.“ Mit einem „Servus, Tom“ klopfte Robert ihm auf die Schulter. „Das sind meine Tochter und ein guter Freund Rafael.“ Mittlerweile war es auch Mittag, und alle hatten Hunger. Tom empfahl ihnen, im Hotel zu essen. „Ich werde mit euch gehen, und wenn es o. k. ist, bleibe ich auch zum Essen.“ Robert sagte: „Na klaro!“ Tom fuhr sie mit seinem Auto zum Hotel. Es war ein sehr gehobenes 5-Sterne-Luxushotel. Dieses wurde extra für Robert gebucht, damit er einen tollen Aufenthalt hatte und sich auch wohlfühlen sollte. Robert bekam ein Einzelzimmer und Marika mit Rafael ein Doppelzimmer.

Es war wirklich sehr schön. Sie packten kurz aus, machten sich ein bisschen frisch und trafen sich dann unten im Restaurant. Tom hatte währenddessen schon das Menü vorbestellt, dass es dann auch gleich losgehen konnte. Als Vorspeise gab es eine Tiroler Speckknödelsuppe, dann kam ein Bergkäse an buntem Salat. Als Hauptgang kam dann Tiroler Gröstl mit Ei, und der Nachtisch war klassisch der Kaiserschmarren mit Apfelmus. Tom berichtete während des Essens schon mal die grobe Planung vom Ablauf des Drehs. Es war auch so geplant, dass es in die Nacht hineingehen sollte.

Nachdem alle gut satt waren, verabschiedete sich Robert dann von Marika und Rafael mit den Worten: „Macht euch eine schöne Zeit und genießt die Gegend hier! Ich habe mein Handy mit. Wir sehen uns dann morgen hier unten zum Frühstück." Somit gingen Tom und Robert los. Marika hatte sich schon mit Rafael besprochen, was sie machen wollten. Der Plan war, dass sie erst etwas wandern gehen und danach zum besagten See fahren. Sie holten ihre Wandersachen aus dem Zimmer, nahmen noch eine Karte mit, auf der die Wanderwege markiert waren. Und los ging es. Sie befanden sich in der Silberregion Karwendel, dort wollten sie den Panoramaweg entlangwandern. Sie wollten dies auch eigenhändig tun, ohne eine Führung. Es war noch alles sehr nass von dem Regenschauer, aber es war angenehm warm, da die Sonne schien. Rafael schlug Marika vor, mit der Karwendelbahn zur Bergstation hochzufahren und auf dem Rückweg dann runterzulaufen. Das fand Marika gut, sie meinte: „Ist vielleicht auch besser, da wir noch zum See wollten. Allzu viel Zeit haben wir ja eh nicht." Oben angekommen, erfreuten sich beide an dem wundervollen Ausblick. Es gab auch eine kleine Cafeteria, dort tranken sie beide einen Kaffee, und später ging es zum Abstieg. Rafael versuchte erneut Körperkontakt zu Marika aufzunehmen. Er nahm einfach ihre Hand und wartete ihre Reaktion ab.

„Marika, lass es zu." Sie gingen Hand in Hand los. Rafael blieb auf einmal stehen, er nahm sich Marika zur Seite und küsste sie. Es war so richtig romantisch, so oben auf dem Berg und mit der Aussicht.

Ausgerechnet jetzt stellte Rafael fest, dass sein Schuh aufgegangen war, deshalb mussten sie kurz unterbrechen. Er kniete sich nieder und band den Schuh zu. Als er aufstehen wollte, drehte er sich kurz rum, und es passierte ein großes Unglück. Er war recht nah am Abhang gestanden. Das Gras am Wegesrand war so nass, dass Rafael darauf ausrutschte, stürzte und den Hang runterfiel. Er schrie vor Schreck und Angst sehr laut auf. Er konnte sich, Gott sei Dank, an einem Ast bei einem Felsvorsprung festhalten und sichern, dass er gut Stand hatte. Blöderweise war er einige Meter tief gefallen, und es gab keine Möglichkeit, dass er wieder hochklettern konnte. Marika schrie besorgniserregend auf: „Raf, ist dir was passiert?" Sie kniete sich vorsichtig nieder und schaute über den Hang. Sie sah ihn und war erleichtert, dass ihm sichtbar nichts weiter passiert war. Er war aber zu tief unten, sie konnte ihn mit ihrer Hand nicht mehr erreichen. Rafael gab Antwort: „Sweety, es ist alles so weit o. k., mir geht's gut, mein Fuß tut nur unglaublich doll weh, ich glaube, er ist gebrochen. Ich schaffe es nicht, alleine hochzuklettern, du musst bitte Hilfe holen! Ich stehe hier sicher, auf einem kleinen Vorsprung, aber bitte beeile dich!" Marika hatte solche Sorge um Rafael. Sie sagte: „Ich rufe jetzt Papa an, der kann uns eventuell helfen!" Sie griff zitternd zu ihrem Handy. Als Robert ranging, begann sie sofort zu weinen. Im Hintergrund war es recht laut, weil Robert mitten im Dreh war. „Papa, bitte: Du musst schnell kommen, es ist was Schlimmes passiert! Wir brauchen dringend deine Hilfe." Robert merkte, dass Marika total aufgelöst war, und versuchte sie erst mal zu beruhigen.

„Was ist denn passiert, mein Kind?" Marika erzählte schluchzend, dass Rafael den Hang metertief runtergestürzt und jetzt verletzt war. „Papa, schnell, wir müssen irgendwas machen, er sagt, sein Fuß ist scheinbar gebrochen und er kann nicht mehr lange dort stehen, wo er ist." Robert war auch schockiert. Er bat Marika einen kurzen Moment zu warten, er müsste es kurz abklären und riefe sie dann sofort zurück. Marika meinte hektisch: „Papa, bitte schnell!" Robert klärte mit der Filmcrew, dass er jetzt alles sofort abbrechen müsste, weil sein Kind in Gefahr wäre. Er schlug ihnen vor, später weiterzumachen, aber das war aus Sicht der Dreharbeiten nicht möglich. Entweder weitermachen oder komplett abbrechen. Robert sagte, das stände gar nicht zur Diskussion, er breche hiermit sofort alles ab. Er erkundigte sich auch gleich, ob irgendjemand wüsste, wie er am schnellsten die Bergrettung erreichen könnte. Tom gab ihm eine Nummer. Robert rief Marika zurück, er sagte: „Ich schicke dir eine Nummer, das ist die Bergrettung, ruf dort an, und gib euren Standort durch! Ich habe hier jetzt alles abgebrochen und komme möglichst schnell zu euch!“ Marika rief die Bergrettung an, sie meldete sich mit: „Hallo, hier ist Marika, mein Freund ist den Abhang runtergestürzt, er hat sich vermutlich den Fuß gebrochen, bitte, Sie müssen ihm helfen!“ Am anderen Ende war ein Herr, der alles aufnahm und Marika nach den exakten Standort fragte. Sie konnte keine genaue Antwort geben, sie meinte: „Wir sind am Karwendel, wir sind circa fünfzehn Minuten zu Fuß bergab gelaufen, bitte schnell, Sie müssen kommen!“ Marika war richtig nervös und beunruhigt, dass Rafael sich nicht mehr lang halten und noch weiter abrutschten könnte. Der Herr am Telefon fragte: „Wie heißt der Mann, der abgestürzt ist, können Sie ihn sehen?“ „Er heißt Rafael, und ja, ich sehe ihn, aber er ist zu weit unten. Er ist bei Bewusstsein, und ich kann mit ihm reden.“ Sie rief Rafael zu: „Raf, es kommt gleich Hilfe, hältst du es noch aus?“ Raf antwortete: „Ja, aber nicht mehr lang, ich habe bald keine Kraft mehr, um mich zu halten!“ Der Herr am Telefon versicherte Marika, dass ein Hubschrauber unterwegs wäre und die nächsten Minuten da sein müsste. Marika sollte nicht auflegen und mit ihm in Kontakt bleiben.

„Versuchen Sie Rafael zu ermutigen, dass gleich jemand zu Hilfe kommt!“ „Raf, es dauert nicht mehr lange, halte durch! Da, ich höre einen Hubschrauber kommen“, rief Marika und war sofort erleichterter. Sie bedankte sich bei dem Herrn am Telefon und legte auf. Sie stellte sich auf und versuchte mit großen Winken auf sich aufmerksam zu machen. Der Hubschrauber war rot-weiß, er gab ein kurzes Lichtsignal. Marika vermutete, es war ein Zeichen, dass sie gesehen wurde. Sie rief zu Raf runter:

„Gleich hast du es geschafft, da kommen sie!" Der Hubschrauber kam so weit wie möglich runter, dann ließ er eine Seilwinde mit einer daran hängenden Person ab. Der Rettungsassistent versuchte Zugriff zu Raf zu bekommen. Es gelang ihm. Marika sah von oben, dass er gesichert wurde. Raf schrie nochmals kurz auf, weil sein Fuß bei jeder Bewegung höllisch wehtat. Der Rettungsassistent rief Marika zu: „Ich habe ihn, wir fliegen jetzt gleich in die nächste Klinik! Kommen Sie dann dort hin." Marika nickte und rief laut: „In welche kommt er?" „Wir fliegen nach Garmisch-Partenkirchen." Schon zog der Hubschrauber die Seilwinde nach oben und mobilisierte Rafael in den Hubschrauber. Es war richtig laut, dadurch, dass der Hubschrauber so tief unten war. Sie flogen davon. Marika war völlig aufgelöst, in dem Moment klingelte ihr Handy, Robert war dran. „Mein Kind, ich bin jetzt unten im Tal, ich habe schon gesehen, dass der Hubschrauber da war! Ich habe ein Auto bekommen, und wir können sofort in die Klinik fahren. Weißt du, wohin er gekommen ist, und wo bist du jetzt? Ich komme dir entgegen." Marika war so froh, dass Robert im richtigen Moment anrief und ihr beistand. Sie schluchzte: „Papa, Gott sei Dank, ich bin so froh, dass du anrufst! Sie nehmen Rafael jetzt mit in die Klinik, und wir sollen nachkommen." Marikas Beine waren total weich, vor lauter Aufregung, sie zitterte auch am ganzen Körper. Robert lief ihr entgegen. Sie telefonierten in dieser Zeit, weil es ja doch ein Stück bis ins Tal hinunter war. Marika musste immer wieder mal stehen bleiben, um durchzuschnaufen. Robert meinte: „Bleib jetzt da, wo du gerade bist, ich komme." Es dauerte noch circa zwanzig Minuten, ehe Robert eintraf. Er nahm Marika erst mal in den Arm und sagte zu ihr: „Mensch, was macht ihr denn für Sachen!" Marika entschuldigte sich bei ihm und auch dafür, dass er seinen Dreh wegen ihnen abbrechen musste. Robert versicherte ihr, dass sie sich darüber bitte keinen Kopf machen sollte. Es ist ja so weit alles gut ausgegangen. Als Marika sich etwas beruhigt hatte, starteten sie den Rückweg ins Tal. Sie erzählte Robert ganz genau, wie es passiert war. „Es war einfach nur schrecklich gewesen, und es ging so schnell. Rafael rutschte einfach weg und fiel in die Tiefe!“ Robert sagte immer wieder: „Ihr hattet echt Glück, dass wirklich nichts Schlimmeres passiert ist, Marika!“ Als sie im Tal ankamen, stiegen sie ins Auto, gaben die Adresse der Klinik im Navi ein und fuhren los.

<< *Kapitel 11* >>

In der Klinik angekommen, sahen sie noch den Hubschrauber wegfliegen. Marika wusste nicht genau, wohin sie gehen mussten. Die Notbehandlung war aber gut ausgeschildert, und sie konnten sich danach orientieren. An der Rezeption erklärte sie, dass gerade Dr. Rafael Grünemann eingeliefert wurde und sie gerne zu ihm möchte. Die Dame am Tresen fragte: „Sind sie eine Angehörige?" Marika antwortete: „Nein, aber ich war mit ihm unterwegs, und wir sind gute Freunde." „O. k., dann ist das nicht möglich, weil sie keine Angehörige sind", kam als Antwort zurück. Marika wollte sich gerade aufregen, da kam Rafael. Er wurde in einem Rollstuhl geschoben. Sie rief einfach drauflos: „Raf, ich bin hier!" Er erkannte sofort Marikas Stimme und ging auf die Suche, woher sie kam. Als er sie sichtete, freute er sich, dass sie da war. Er sagte zu der Schwester, die den Rollstuhl schob: „Diese Dame gehört zu mir, kann sie bitte durchgelassen werden?" Die Schwester bejahte es und winkte Marika rein. Robert sagte noch schnell zu Marika, dass er außen im Auto warten würde und ging dann raus.

Marika erkundigte sich gleich nach der aktuellen Lage, wie es Raf ginge und wo er jetzt hinsollte. Er musste jetzt zum Röntgen, da die Vermutung groß war, dass etwas gebrochen sei. Er hatte schon ordentlich Schmerzmittel bekommen, da er es kaum aushielt. Marika wartete vor der Tür beim Röntgen. Es ging relativ schnell, und Rafael wurde wieder rausgefahren. Sie fragte gleich: „Und, ist was gebrochen?" Rafael war etwas geknickt und antwortete: „Mmmmmh, sieht ganz danach aus, dass das Sprunggelenk etwas abbekommen hat! Es ist nichts gebrochen, aber ich soll jetzt noch ins MRT, um genauer zu schauen, ob die Bänder was abbekommen haben.“ „Oje“, sagte Marika: „Das hast du ja toll hinbekommen! Ich warte mit dir und dann schauen wir mal, wie es weitergeht.“ Die Schwester schob Rafael zum MRT, dort mussten sie noch warten, weil gerade jemand zur Untersuchung drin war. Die Schwester meinte: „Wenn Sie hier fertig sind, kann Sie ja ihre Freundin wieder vor in die Notbehandlung bringen, dann gehe ich jetzt nämlich zurück!“ Als die Schwester außer Sichtweite war, zog sich Rafael Marika ran und zeigte auf seinen Schoß, dass sie sich setzten sollte. Sie zögerte nicht lange und tat es auch. Rafael nutzte die Gelegenheit, Marika wieder zu küssen. Sie konnten gar nicht aufhören, so schön war es für beide. Marika scherzte und sagte: „Pass lieber auf, nicht dass du dir wieder etwas verletzt oder aus dem Rollstuhl fällst!“ Rafael schmunzelte und sagte: „Du kleines Freggerla!“ Schon ging die Tür zum MRT auf, und Rafael wurde reingebeten. Marika stand schnell auf und schob ihn in das Zimmer. Sie half ihm aufzustehen, und er setzte sich rüber auf die Platte, die dann in das Gerät reinfuhr. Diese Untersuchung dauerte zwanzig Minuten. Es war echt spannend, was da wohl rauskommen würde. Marika wartete vor der Tür auf ihn. Zwanzig Minuten später wurde er mit dem Rollstuhl rausgefahren. Marika fragte gleich: „Kann man schon was sagen?“ Rafael meinte: „Ich habe einen Bänderanriss! Ich werde wohl eine Schiene und Krankengymnastik bekommen. Jetzt fahr mich bitte erst mal zurück in die Notbehandlung, und dann sehen wir ja weiter.“ Es kam dann genauso, wie es Rafael sagte. Er bekam eine Schiene, eine Verordnung für Krankengymnastik, Schmerzmittel und zwei Gehstöcke. Rafael war für die nächsten sechs Wochen außer Gefecht gesetzt worden. Marika begleitete ihn nach draußen, das Laufen mit den Gehstöcken beherrschte er ganz gut. Robert half ihm sofort und unterstütze ihn beim Einsteigen. Rafael sollte sich vorne hinsetzen, da er dort sein Bein besser strecken konnte als hinten. Marika setzte sich nach hinten. Auf dem Weg zum Hotel entschieden sie sich, noch eine Nacht zu bleiben und erst morgen den Rückflug anzutreten. Rafael war sehr erschöpft, und Marika hatte den Schock noch in den Gliedern. Beide entschuldigten sich noch einmal, dass Robert für sie den Dreh abbrechen musste. Er beteuerte ihnen erneut, dass es halb so wild wäre, es kämen bestimmt wieder irgendwelche anderen Möglichkeiten. Seine Devise: „Wenn sich eine Tür schließt, öffnet sich woanders eine!“ Er sah es wirklich sehr gelassen. Am nächsten Morgen landeten sie wieder sicher in München am Flughafen. Robert bot Rafael an, dass er ihn nach Hause fahren könnte. Das nahm er auch dankend an. Auf der Autofahrt dorthin kam Rafael ein Gedanke, und er fragte Marika: „Was hast du eigentlich gestern an der Anmeldung gesagt, wer du bist?“ „Na, dass wir zusammen unterwegs waren und ich bei dem Unfall dabei war!“ Rafael darauf: „Nee, das meinte ich nicht, sie fragen doch immer, ob man ein Angehöriger ist!“ „Ach so“, erwiderte Marika: „Da habe ich gesagt, dass wir gute Freunde sind, und setzte dabei ein breites Grinsen auf!“ „Aha, gute Freunde, du Freggerla, dann weiß ich ja Bescheid“, sagte Raf etwas enttäuscht! Robert saß am Steuer und schmunzelte vor sich hin, er kannte seine Marika ganz genau und wusste, wie diese Sache ein Ende nehmen würde. Auf einmal rief Rafael: „Halt, da vorne ist mein Haus, da kannst du bitte anhalten und mich rauslassen, Robert.“ Marika schaute ihn verwundert an: „Wie, ich darf nicht mitkommen?“ Rafael antwortete: „Wir sind doch nur gute Freunde; wärst du meine Freundin, hättest du mitgedurft!“ Das ließ sich Marika nicht verbieten und stieg einfach mit aus. Sie gab Robert zu verstehen: „Ich bringe Raf noch kurz mit rein! Könntest du bitte auf mich warten!“ Raf humpelte mit den Gehstöcken los, Marika sollte die Tür aufschließen und ihm dem Weg freimachen. Nachdem sie dann drinnen waren, bat Rafael Marika um Hilfe. Sie sollte ihm seine Hose ausziehen, da es sich auf Grund seiner Verletzung etwas schwierig gestaltete. Rafael sagte: „Ich denke, es ist besser, wenn ich dafür stehen bleibe.“ Marika begann zu grinsen und schwieg. „Was ist los, warum grinst du so?“, fragte Rafael. Marika zuckte mit ihren Schultern und fing an, die Hose runterzuziehen. Sie zog gleich ein bisschen mehr mit aus, bis Rafael unten ohne dastand! Er fragte: „O. k., was wird das jetzt?“ Sie gab ihm keine Antwort und fing stattdessen an, mit ihrer Hand seinen Schwanz zu nehmen und ihn auf und ab zu reiben. Sie nahm ihre rechte Hand, befeuchtete sie ordentlich mit Spucke und griff erneut an seinen Schwanz, es flutschte da durch viel besser. Sie widmete sich auch seinen Eiern, die sie sanft knetete. Rafael schien es zu gefallen. Sein Schwanz wurde langsam hart. Er meinte bloß: „Marika, dein Vater ist draußen!“ Sie gab wieder keine Antwort! Sie suchte Blickkontakt zu ihm, biss sich verspielt auf ihre untere Lippe, und schwups, steckte sein Schwanz schon in ihrem Mund. Sie gab Vollgas und genoss diesen Moment, ihn so unter Kontrolle zu haben. Sie blas ihm einen voller Leidenschaft. Rafael begann zu stöhnen, er fand es Wahnsinn, was Marika da gerade tat. Wiederum meinte er: „Ich kann mich nicht mehr lange in dieser Position, halten.“ Er musste sich richtig konzentrieren, dass er sich an den Gehstöcken halten konnte, und versuchte sich darauf einzulassen. Er konnte aber nicht anders, weil es echt verdammt gut war. Rafael merkte, wie sich seine gesamte Lendenregion anspannte. Er dachte erst, es wäre ein Krampf, aber es fühlte sich gut an. Er hatte das Gefühl, sein Schwanz würde zu zucken anfangen, so geil fand er es. Er konnte sich auf nichts anderes mehr konzentrieren als auf das brodelnde tolle Gefühl in ihm. Es war zu vergleichen mit einer wilden Achterbahnfahrt. Marika merkte, dass es ihm gefiel, und gab noch mal alles, um Rafael zum Orgasmus zu bringen. Es dauerte nicht lang, da hatte sie ihr Ziel erreicht. Rafael hatte einen ultimativen Orgasmus. Er zuckte mehrfach zusammen und hatte dabei einen glückserfüllten Blick. Sie ließ das Sperma seitlich aus ihrem Mund rauslaufen, da sie es nicht schlucken wollte. Rafael war Feuer und Flamme. Er meinte: „Holla, die Waldfee, das war jetzt mal richtig mega!“ Marika fragte nach einem Taschentuch, um sich ihren Mund abzuwischen.

Danach sagte sie: „Ups, ich sollte ja eigentlich nur die Hose ausziehen. Sorry!“ Sie sollte ihm eine neue Hose aus seinem Schlafzimmer holen. „Ich weiß doch nicht, wohin ich da gehen muss, ich kenne mich hier gar nicht aus!“ Rafael meinte: „Noch nicht!“ Er zeigte, wohin sie gehen sollte. „Dort ist meine Ankleide, und da stehen die Schränke.“ Dann gab er ihr genaue Anweisungen, welche Hose und Unterhose er aus seinem Schrank wollte. Marika folgte seinen Worten und holte alles zu seiner Zufriedenheit. Sie war beeindruckt von seinem Haus, jedenfalls von dem, was sie zu sehen bekam. Danach half sie ihm beim Anziehen der Hosen. Sie vergewisserte sich, ob Rafael dann klarkommen würde oder ob sie noch bleiben sollte. Rafael meinte: „Ja, passt, du hast ja alles getan, was notwendig war“, und er hielt seine Arme auf. „Lass dich noch einmal kurz drücken.“ Marika ließ sich kurz umarmen und verabschiedete sich mit den Worten: „Wenn du etwas brauchst, ruf mich an, ich komme! Was auch immer du brauchst.“ Sie küssten sich, und dann ging sie raus zu Robert. Robert war irritiert, weil es so lange dauerte. „Was habt ihr noch gemacht?“ „Ach, nichts Besonderes“, antwortete Marika. „Ich sollte ihm nur noch beim Umziehen helfen, das ging halt sehr schwierig und brauchte etwas Geschick mit seiner Schiene am Fuß. Dann klärte ich mit Raf noch ab, falls er was bräuchte, sollte er sich bei mir melden.“ „Du bist halt eine Gute“, sagte Robert zu ihr. Marika dachte sich in diesem Moment: „Oh Gott, wenn Papa die Wahrheit wüsste.“ Sie schmunzelte vor sich hin. Sie stiegen beide ins Auto und fuhren selber nach Hause zu Marika. Im Auto war Marika total ruhig und wirkte in sich gekehrt.

Robert fragte sie: „Ist alles o. k.?“ Es kam nur ein summendes „Mmmmhh“. „Papa, ich glaube, ich empfinde doch mehr für Raf, als mir lieb ist!“ Robert gab ihr zu verstehen, dass er es schon die ganze Zeit geahnt hatte, und bestätigte ihr, dass sie mit ihm einen guten Schachzug machen würde.

„Versuch es doch einfach, lass dich darauf ein; ich denke, er ist der Richtige für dich, mein Kind! Du wirst sehen, ich werde recht behalten.“ Robert verbrachte noch den Sonntag bei Marika. Sie genossen noch einmal so richtig die Zeit, beisammen zu sein, da beide wussten, so schnell würden sie sich nicht wiedersehen. Robert flog dann abends wieder nach Hause. Ehe er startete, nahm er Marika fest in den Arm und gab ihr noch einen guten Rat: „Lass dir die Chance mit Rafael nicht entgehen, er ist der Richtige für dich, und ich weiß, er wird dir guttun.“ Sie sagte: „Ja, du hast es mir ja jetzt öfters ans Herz gelegt. Ich werde schon das Richtige tun, Papa. Ach, und bitte bestell Kelly daheim schöne Grüße.“ Nach diesen Worten stieg er in seinen Privatjet und flog los. Marika war etwas traurig, weil sie ihren Papa wirklich sehr mochte und ihn jetzt wieder eine Weile nicht sehen würde. Wiederum war sie immer positiv eingestellt und freute sich darüber, dass er überhaupt da war und sie miteinander Zeit verbringen konnten. Sie fuhr nach Hause und ließ den Abend noch ausklingen. Einige Tage vergingen. Marika war öfters bei Raf, um ihm zu helfen, da er sehr eingeschränkt war durch seine Verletzung. Sie wirkte in letzter Zeit sehr in sich gekehrt und nachdenklich, was Raf bemerkte.

Er dachte sich aber, wenn sie was hätte, würde sie es schon ansprechen, oder sie wollte einfach nicht darüber reden. Somit ließ er sie in Ruhe. Da sich der Zustand bei ihr nicht änderte, nutzte er die Gelegenheit, sie darauf anzusprechen. Als sie wie fast mittlerweile jeden Abend auf der Couch saßen, fragte er sie: „Was bedruckt dich? Ich merke dir seit Tagen an, dass du irgendwas hast.“ Marika war erstaunt, weil er merkte, dass sie anders war. Sie antwortete: „Ach, ich mache mir nur Gedanken, wie es wohl weitergehen soll! Ich habe so viele offene Fragen und momentan keine Antworten auf irgendetwas. Mach dir keine Sorgen, das wird schon wieder!“ Raf gab ihr zu verstehen, dass er sich aber Sorgen machte und er wissen wollte, was sie bedrückte. „Eventuell kann ich dir einen guten Rat geben oder dir sogar helfen! Was betrifft es denn?“ Insgeheim erhoffte er sich, dass sie über ihn nachdachte, weil er nichts lieber wollte, als sie zur Freundin zu haben. So war es aber nicht, Marika hatte ganz andere Gedankengänge. „Ach, weißt du, ich überlege, ob ich eventuell meinen Studienplatz absage und erst einmal arbeite! Man macht sich im Leben so verrückt, viele Menschen streben nur noch nach Reichtum, Schönheit, den besten Immobilien und ihrem allgemeinen Ansehen in der Gesellschaft. Ich habe das Gefühl, dass diese Menschen immer nur unter Druck stehen und nie wirklich ankommen. Ich möchte nicht so werden wie sie. Das Leben ist wie ein Schachspiel, am Ende kommen eh alle in eine Kiste, egal wie reich, wie schön, welche Immobilien man besitzt oder wie angesehen man ist!

Deswegen möchte ich jetzt leben, da ich nie wieder so jung sein werde. Ich möchte meine Zeit nicht verschenken, sondern mit tollen Menschen wie dir verbringen und Dinge tun, die ich möchte und mir guttun. Es geht mir ja gut, denn ich habe eine echt tolle Wohnung, verdiene gutes Geld, und ich habe tolle Menschen um mich. Ich kann mich wirklich nicht beschweren." Raf schaute Marika an und war verblüfft über ihre Worte. „Da gebe ich dir völlig recht in allem, was du jetzt gesagt hast." In einem Punkt bohrte er aber noch einmal nach: „Du meintest, du hast tolle Menschen um dich, meinst du damit auch wirklich mich?" „Du Blödmann", erwiderte sie und bestätigte mit einem „Wäre ich dann sonst hier?" Was für eine Frage? Natürlich! Raf gab ihr einen Rat: „Ich mache es immer so, wenn ich mir in was unsicher bin, dann schlafe ich noch einmal eine Nacht darüber. Am nächsten Tag, kommt die Entscheidung dann meistens fast von alleine." Marika schaute ihn an und sagte: „In diesem Sinne verabschiede ich mich jetzt und werde nach Hause fahren. Brauchst du noch irgendetwas?" „Nein, ich habe alles." „Dann komm gut heim, und melde dich bitte morgen bei mir. Ich bin gespannt, wie du dich entscheiden wirst. Ich kann mir aber schon denken, in welche Richtung es gehen wird."

<< *Kapitel 12* >>

Als Marika am nächsten Morgen aufwachte, stand ihre Entscheidung tatsächlich fest. Sie setzte gleich ein Schreiben mit der Kündigung auf und schrieb anschließend eine Bewerbung für die Orthopädie. In dem Moment, als sie sehr vertieft war, klingelte das Telefon. Sie sprang auf und ging sofort ran. Es war Raf, er konnte es kaum abwarten, für was sie sich entschieden hatte, und außerdem wollte er ihre Stimme hören. „He Sweety, na, alles klar, hast du gut schlafen können?“ Er wollte nicht aufdringlich sein und lenkte das Thema erst einmal in eine andere Richtung. „Hast du heute Abend schon was vor? Ich habe nämlich eine Überraschung für dich!“ „Für mich?“, fragte sie total überrascht. „Wie komme ich dazu?“ „Ja natürlich für dich, für wen denn sonst! Also sprich, hast du heute Abend Zeit?“ Marika antwortete: „Ja, ich denke, da kann ich was einrichten. Ich werde schon ein Zeitfenster für dich finden!“ Raf schnaufte am anderen Ende und erwiderte: „Da habe ich ja noch mal richtig Glück gehabt! Dann komm doch einfach zu mir, wenn du so weit bist und es dein Zeitfenster zulässt.“ Marika bejahte dies und fragte ihn: „Willst du gar nicht wissen, für was ich mich entschieden habe?“ Raf tat natürlich so, dass er sich nichts anmerken ließ, obwohl er es schon die ganze Zeit wissen wollte. Marika erzählte, dass sie gerade über einem Schreiben war, in dem stand, dass sie das Studium nicht antreten würde und vorhabe sich auf der Orthopädie zu bewerben. Raf wusste, dass sie sich so entscheiden würde, aber er wollte wissen, warum sie nicht zu ihm auf die Innere kommen wollte. „Na ja, ich glaube, das wäre keine gute Idee, und außerdem interessiert mich die Fachrichtung Orthopädie viel mehr. Ich liebe es, mit Wunden zu arbeiten, Patienten zu helfen, die frisch operiert wurden, und halt alles, was dazugehört." Raf gab ihr zu verstehen, er freue sich sehr, dass sie diesen Weg gehen wolle und vor allem, dass sie in der Klinik bleiben würde. Er wollte gerade das Telefonat beenden, da fragte sie ihn noch: „Was soll ich für heute Abend planen? Was soll ich anziehen, oder soll ich was zum Übernachten mitbringen?" Fragen über Fragen. Raf gab ihr kurze Anweisungen. „Es wäre schön, wenn du Sachen zum Übernachten mitbringen könntest, und was du anziehst, ist echt egal, denn du siehst immer toll aus." „Danke für das Kompliment, Raf, aber was machen wir, gehen wir weg, brauch ich was Warmes, das sollte ich schon wissen." Raf sagte erneut: „Zieh einfach was Heißes an, und bring was zum Übernachten mit. Ich freue mich auf dich, und bis später", und dann legten sie auf. Wenn Marika wüsste was Raf für einen Plan hatte. Gegen Abend machte sie sich dann fertig, Sie ging duschen, rasierte sich, cremte sich ein und stylte sich auf. Sie entschied sich für ein kurzes schwarzes Kleid, das seitlich einen Schlitz und keine Träger hatte. Nachdem sie mit allem fertig war, machte sie sich auf den Weg zu ihm. Bevor sie klingelte, sprühte sie noch einmal ihr Lieblingsparfüm auf, da sie für Raf gut riechen wollte. Als er die Türe öffnete, kam nur ein „Wow, siehst du toll aus!". Er nahm Marika in die Arme, drückte sie ewig lange, und sie küssten sich. Ihre Küsse waren schon immer sehr intensiv und hatten das Verlangen nach mehr. Dadurch fiel es beiden immer recht schwer, den Cut zu finden. Besonders Raf konnte nie genug von ihr bekommen. Sie gingen rein und setzten sich erst einmal auf seine Couch.

Dann versuchte Raf die Proseccoflasche zu öffnen. Er war ein wenig nervös, da er noch etwas Bestimmtes vorhatte. Er lief sogar vor Anstrengung rot an, weil er diese blöde Flasche nicht aufbekam. Dann machte es auf einmal Plopp, und der Korken kam heraus. Marika applaudierte ihm und sagte: „Du bist mein

Held des Abends, wenn ich dich nicht hätte, würden wir jetzt auf dem Trockenen sitzen." Raf wurde erneut rot und meinte: „Na prima, jetzt hast du es geschafft, mich gleich zweimal zum Erröten zu bringen." Beide fingen an zu lachen. In Rafs Kopf kreisten die Gedanken, denn er wollte heute unbedingt an Marikas Handy kommen, da er die Nummer von Robert brauchte. Er wusste leider aber noch nicht so richtig, wie er das anstellen sollte, weil er davon ausging, dass auch sie eine PIN hatte.

Wie heißt es so schön, wo ein Wille, da auch ein Weg! Er goss beide Gläser ein, gab ihr eins in die Hand und fing mit den Worten an: „Ich möchte dir heute für alles danken, was du für mich getan hast, wie du mich unterstützt hast und immer für mich da warst. Ich bin so glücklich, dich kennengelernt zu haben, und möchte dich auch nie mehr missen wollen." Marika riss ihre Augen auf, weil sie total angetan von seinen Worten war. Er schaffte es sogar, dass sie errötete. Marika stieß mit ihm an und antwortete: „Das habe ich sehr gern gemacht und würde es auch immer wieder tun!" Raf bat sie dann anschießend, kurz in die Küche zu gehen, weil er was vorbereiten musste. Er erhoffte sich auch, an ihr Handy zu kommen. Marika war sehr verwundert und fragte: „Was soll ich in der Küche, soll ich jetzt wohl noch was für uns kochen?" „Nein, um Gottes willen, das würde ich nie von dir verlangen."

Außerdem kann ich selber kochen und brauche dafür keine Frau. Sie schaute ihn verwundert an: „Du kannst ernsthaft kochen?" „Ja, jetzt geh doch bitte einfach in die Küche, schließe die Tür, und warte auf mein Signal." Gesagt, getan. Raf musste sich beeilen. Er räumte komplett den Esstisch ab, legte eine kuschlige Decke drüber, zündete viele Kerzen an und stellte eine leise Hintergrundmusik ein. Dann ergriff er die Initiative und ging an Marikas Handy. Dort musste er leider feststellen, dass sie eine PIN hatte und somit nicht an Roberts Nummer kam. Währenddessen grübelte Marika in der Küche und dachte sich, was Raf wohl vorhatte. Sie hatte so gar keine Vorstellungen, was sie erwarten würde. Auf einmal kam das Signal, weil Raf an die Türe klopfte und sie öffnete. Er sagte: „So Sweety, jetzt zieh dich mal aus, aber deinen String darfst du anlassen. Wenn du fertig bist, komm zu mir!“ Sie antwortete empört: „Bitte was? Ich soll mich jetzt ausziehen? Warum das denn?“ Raf erwiderte: „Vertrau mir doch einfach, das tust du doch, oder?“ „Ja, ich vertraue dir voll und ganz.“ „Also dann zieh dich bitte jetzt aus, und komm zu mir.“ Als sie dann so fast splitternackt vor ihm stand, war Raf schon wieder von ihrem Anblick sehr angetan. Er gab ihr zu verstehen, dass sie wirklich sehr heiß sei und ihn das unglaublich anmachen würde. Er hatte eine weitere Forderung. Sie sollte sich mit dem Rücken zu ihm drehen, sodass er ihr die Augen verbinden konnte. Marika ließ auch das zu. Dafür nahm er einen leichten Schal und band liebevoll ihre Augen zu. Marika wurde es so langsam ganz kribbelig, ihr Herz klopfte bis zum Anschlag, weil sie ja nicht wusste, wie es weitergehen würde. Raf streichelte mit seinen Händen über ihre Brüste nach unten und nahm sie an die Hand. Er flüsterte ihr ins Ohr: „Ich führe dich jetzt ins Wohnzimmer, dort steht ein Tisch, wo du dich drauflegen darfst.“ Marika roch, dass Kerzen an waren, und hörte beim Reinkommen die leise Musik im Hintergrund. So langsam konnte sie sich vorstellen, was jetzt passieren würde. Sie fragte sehr aufgeregt: „Werde ich jetzt wohl massiert?“ Raf antwortete: „Ja, das ist mein Plan“. Sie legte sich mit seiner Unterstützung auf den Tisch und machte es sich bequem. Sie lag auf dem Bauch, und ihre Hände sollte sie seitlich neben ihrem Körper ablegen. Raf nahm ein Lavendelöl und beträufelte sie. „Oh, da freue ich mich jetzt richtig, von dir massiert zu werden. Mal sehen, was du draufhast, Raf.“ Raf war sehr großzügig mit dem Öl und verteilte es komplett auf ihrem ganzen Körper. Dann fing er an ihr den Rücken sanft zu massieren. Marika gab ihm einen Hinweis, dass er ruhig fester massieren dürfe. Es dauerte nicht lange, und er arbeitete sich zu ihrem Po vor. Den massierte er mit vollem Genuß, weil er ihren Po wunderschön fand. Marika machte das total an, sie bat ihn, damit nicht aufzuhören. Plötzlich spreizte er ihre Beine und massierte in Richtung ihrer Innenschenkel. Marika wurde es auf einmal richtig heiß, sie atmete tief und laut auf. Sie stöhnte: „Raf, was hast du denn vor?“ Er meinte: „Lass mich mal machen. Heute bist du mal dran und wirst verwöhnt. Genieß es einfach.“ Seine Hände wanderten immer höher, bis er an ihrem Höschen war. Dort massierte er mit seinen Fingern so hart, dass er spürte, wie erregt sie war. Er machte ihr den Vorschlag, dass es besser wäre, wenn sie ihren String ausziehen würde. Somit war es einfacher, überall ranzukommen. Sie gab ihm das Okay, und er zog ihn sofort sanft runter. Dann befasste er sich gleich wieder mit der letztmassierten Stelle und gab alles. In Marika brodelte es, sie war kurz davor zu kommen. Raf fing an, sie intensiv zu fingern. Es war alles megaaufregend. Sie stöhnte und spreizte ihre Beine automatisch noch mehr auseinander, somit konnte er richtig gut rankommen. Und es wurde intensiver. Marika wurde echt gierig. Raf nahm seinen Daumen und arbeitete sich zur ihrem Lustzentrum vor. Dort massierte er mit gutem Druck weiter. Marika war hin und weg. Sie war so nass und erregt, dass sie mit ihren Händen den Schal abnehmen wollte, um Raf auch zu verwöhnen, aber Raf stoppte sie und befahl ihr: „Lass ihn bitte dran!“ Marika folgte seinem Befehl und gab ihm zu verstehen, dass wenn er weiter so mache, sie kommen würde. Er nahm seine Finger von ihr und wartete kurz. Marika war verwundert und fragte: „Raf, was ist, warum hörst du denn auf?“ In diesem Moment packte er sie von hinten, zog sie an ihren Hüften in die Doggystellung und drang mit seinem harten Schwanz in sie ein. Marika stöhnt laut auf. Sie war völlig aus dem Häuschen, weil sie jetzt damit gar nicht gerechnet hatte. Raf nahm sie intensiv von hinten, krallte sich dabei in ihre Brust, und mit der anderen Hand massierte er ihr Lustzentrum weiter. Er genoss es selber in vollen Zügen. Es dauerte nicht lange, und Marika kam zum Höhepunkt. Sie stöhnte laut auf: „Raf, ich komme!“ „Ja, Baby, komm! Ich will dich glücklich machen!“ Sie erlebte einen intensiven, doppelt stimulierten Orgasmus, den Multiorgasmus. Ihr Körper zuckte vor Erregung, und sie ließ sich nach vorne rutschen, um kurz durchzuschnaufen. Raf nahm seinen noch erregten Schwanz erst einmal raus. Er hatte noch nicht genug und wusste, dass Frauen auch schnell ein zweites Mal kommen können. Dies reizte er aus. Marika lag voll zufrieden, immer noch mit verbundenen Augen, nichts ahnend da. Er krabbelte sie erneut an, nahm sie sanft und drehte sie sich auf den Rücken. Sie gab ihm zu verstehen, wie mega das gerade war und dass er es wirklich draufhatte. „Ich bin aber noch nicht fertig", gab er ihr zu verstehen. Wie? Sie sagte: „Ich bin völlig glückserfüllt und befriedigt." Plötzlich spürte sie seine Zunge, die ihren Hals entlangwanderte. Er ging mit seinem Kopf tiefer und tiefer, bis er wieder an ihrem Lustzentrum war. Dort fing er an sie zu lecken und merkte, wie noch alles erregt und angeschwollen war. Dies war für ihn die Bestätigung, dass der zweite Orgasmus wohl nicht mehr lange dauern würde. Währenddessen er sie leckte, nahm er zwei Finger und steigerte ihre Lust dadurch ins Unermessliche. Marika wusste gar nicht, wohin zu erst. Sie war Feuer und Flamme. Es zuckte alles in ihr. Ihr Herz klopfte in Dauerschleife im höchsten Takt. Ihre Lippen waren so pelzig, weil sich ihr Blut zentralisierte. Es kribbelte alles. Sie biss sich auf ihre Lippen, um sie wieder zu durchbluten. Sie stöhnte laut auf mit den Worten „Oh Raf!". Er gab alles, da er sie selber noch einmal spüren wollte. Durch ihre Haltung und ihre Erregung war er dauererregt. Somit konnte er bedenkenlos erneut mit seinem harten Schwanz in sie eindringen. Es war perfekt. Es war so nass und einfach nur ein megaschönes Gefühl. Raf flüsterte ihr ins Ohr: „Es gibt nichts Schöneres, als in dir zu sein! Ich liebe dieses Gefühl, dir so unglaublich nah zu sein!" Nach ein paar innigen tiefen und intensiven Stößen kamen beide zum Höhepunkt. Er krallte sich fest an ihren Schultern, stieß ein letztes Mal tief in sie und spitzte ab. Marika verschlang ihn mit ihren Beinen und klammerte sich fest an ihn. Sie küssten sich intensiv und ließen sich nach einer kurzen Weile beide fallen. Da war er, der Moment der völligen Hingabe und Erfüllung. Nach einer kleinen Erholungsphase nahm Raf ihr den Schal ab. Sie war immer noch wie in Trance, sah aber glücklich aus. Dieser Anblick gefiel Raf. Es bestätigte ihm, dass er es scheinbar draufhatte, da sie sich komplett bei ihm fallen lassen konnte. Was wollte er mehr? Ja, da war noch was! Er brauchte nämlich ihre PIN, aber er hatte keinerlei Ahnung, wie er es anstellen sollte. Marika brauchte ein paar Minuten, eh sie wieder mit Raf kommunizieren konnte. Sie fragte ihn, ob es möglich wäre, dass sie duschen gehen könnte. Raf antworte etwas verwirrt und meinte: „Das hast du jetzt nicht wirklich gefragt? Natürlich darfst du bei mir duschen gehen, das ist für mich selbstverständlich." Sie fuhr fort: „Magst du nicht gleich mitkommen?" Raf sah dies aber als Chance, es erneut zu versuchen, um ihre PIN rauszubekommen. Er gab Marika noch ein frisches Handtuch und machte es sich dann auf der Couch bequem. Als er hörte, dass der Duschstrahl anging, griff er erneut zu ihrem Handy. Er grübelte und grübelte, was sie wohl als PIN haben könnte. Es könnte ihr Geburtstag sein, aber das Problem war, er wusste nicht, wann sie Geburtstag hatte. Tja, dann blieb ihm nichts weiter übrig, und er legte das Handy erst mal wieder weg. Es dauerte nicht lange, und da kam Marika auch schon zurück aus der Dusche. Sie setzte sich zu ihm und seufzte: „Oh Mann, ich glaube, ich brauche heute gar nichts mehr, ich bin noch richtig erschöpft von eben, das war wirklich der Oberhammer! So intensiv hatte ich schon lange keinen mehr!" Raf erfreute sich an diesem Kompliment und schlug vor einen Filmabend zu machen. Marika bat ihn, den Film auszusuchen, weil sie sich ziemlich sicher war, dass sie eh bald einschlafen würde. So kam es dann auch, der Film lief nicht einmal eine halbe Stunde, und sie schlief in Rafs Armen ein. Er genoss es, sie bei sich zu haben, und schaute den Film zu Ende. Raf schlief dann auch irgendwann ein. Am nächsten Morgen wurden sie von einem Anruf geweckt. Marikas Handy klingelte, sie ging noch recht verschlafen ran und meldete sich mit einem „Ja bitte?" Es war Steffi, sie lachte gleich los und sagte: „Na, bei was habe ich dich gestört? Du klingst ja richtig wie neben der Rolle. Hast du kurz Zeit zum Quatschen, oder ist es gerade ungünstig?" Marika war auf einmal hellwach und kicherte mit, sie sagte ihr aber, es wäre besser, wenn sie später telefonieren könnten. „Ich rufe dich in circa einer Stunde zurück." Steffi antwortete ihr mit einem September und Marika dann mit einem Oktober. Das war ihr kleiner Insider. Marika hatte Steffi einmal eine Nachricht mit o. k. beantworten wollen, und da kam dann Oktober raus, seitdem ist ein Ja für Marika ein Oktober, und Steffi beantwortete es damals mit einem September. Seither besteht dieser Wortwitz zwischen ihnen. „Ach, eins noch“, fuhr Steffi fort, „ruf mich doch bitte daheim aufs Festnetz an, bei meinem Handy da ist gleich der Akku leer.“ „Ja, mache ich“, sagte Marika, „dann bis gleich.“ Sie hatte es richtig eilig, nach Hause zu kommen; sie packte in Windeseile ihre Sachen ein und verabschiedete sich mit den Worten: „Danke für den gestrigen schönen Abend und dein kleines anzügliches, aufregendes Extra.“ Raf drückte sie fest, gab ihr einen Kuss auf die Stirn und ließ sie gehen. Marika meinte noch: „Ich melde mich bei dir, o. k.?“ Als Marika dann endlich daheim war und Steffi anrufen wollte, stellte sie fest, dass ihr Handy weg war. Sie suchte es und suchte es, bis sie vermutete, dass es wohl noch bei Raf liegt. Sie war heilfroh, dass sie Rafs Nummer auswendig konnte; somit konnte sie gleich anrufen. Es klingelte, Raf ging erst gar nicht ran, er hatte sich noch einmal hingelegt. Marika versuchte es aber erneut, und dann ging er auch ran. „Hey Raf, ich bin es schon wieder, kann es sein, dass ich mein Handy bei dir vergessen habe? Ich habe aber keine Ahnung, wo es liegen könnte.“ Raf meinte: „O. k., dann schaue ich mal nach und melde mich, ist es eilig?“ Marika erwiderte: „Ja, ich brauche Steffis Nummer, und die steht dort drin! Du müsstest dann bitte mal schauen.“ „O. k.!“ Raf freute sich innerlich und dachte: „Jetzt kommt scheinbar doch die Chance, dass ich Roberts Nummer bekomme.“ Er sagte: „Ich suche und rufe dich wirklich sofort an.“ Gesagt, getan. Er fand es auch nach einer kurzen Weile, es lag auf der Couch unter der Decke. Er konnte es kaum erwarten, endlich diese Nummer zu bekommen. Er war gespannt, wie Marika es jetzt machen wollte, ob sie so ein Vertrauen hatte, um ihm die PIN zu sagen. Er nahm sich noch einen Zettel, wo er die PIN-Nummer draufschreiben wollte, und rief sie zurück. Marika ging schon mit einem „Raf, hast du es gefunden?“ ran. „Ja, ich habe es, es lag auf der Couch. Willst du es jetzt abholen?“, fragte er. „Nee, das ist mir jetzt zu stressig, ich geb dir meinen Pin, und dann kannst du ja bitte kurz nachschauen." Raf war richtig erleichtert, dass es wirklich so kam, wie er es sich erhofft hatte. „O. k., du brauchst mir nur zu sagen, wohin ich dann gehen muss, um ihre Nummer zu finden." Marika gab an: „Also meine PIN lautet 2304." Raf freute sich wie ein kleines Kind und schrieb diese Zahlen auf seinen Zettel. Er gab sie dann ein und wartete auf Marikas Anweisungen. „Geh doch bitte auf Kontakte, und da steht die Nummer unter Steffi Home." Er scrollte sich durch und sah sogar Roberts Nummer. Er stoppte dann bei Steffi und diktierte sie. Marika bedankte sich und meinte: „Ist es schlimm, wenn wir gleich wieder auflegen? Ich möchte Steffi gleich anrufen. Mein Handy würde ich dann später holen." „Ja, kein Problem, Sweety, dann lege ich mich wieder hin. Sag ihr mal liebe Grüße." Er legte dann auf. Marika griff erneut zum Hörer und wählte hastig Steffis Nummer. Sie konnte es kaum erwarten, mit ihr zu reden. Sie ahnte ja nicht, was Raf jetzt gerade plante. Raf nahm erneut ihr Handy und suchte sich Roberts Nummer raus, diese schrieb er sich auch auf, weil er ihn bestimmt noch mehrmals anrufen würde. Er hatte sich auch schon genau überlegt, wie und was er mit ihm besprechen möchte. Er rief ihn an.

Robert ging auch gleich ran. Raf meldete sich mit einem: „Hey, ich bin es, Raf, erschreck dich nicht." „Oh, hey", erwiderte Robert und war etwas verwundert über seinen Anruf. Sein erster Gedanke war gleich: „Ist wohl was mit Marika?" „Nein, alles gut, wirklich. Ich rufe dich an, weil ich selber ein Anliegen habe. Hast du gerade Zeit, oder soll ich lieber noch einmal später anrufen?" Robert gab ihm zu verstehen: „Wenn du ein Anliegen hast, muss es ja was Wichtiges sein. Ich nehme mir jetzt die Zeit für dich. Ich bin ganz Ohr." Robert war eh beeindruckt von Rafael und versuchte ja schon eine ganze Weile dies Marika klarzumachen. Er hielt wirklich viel von ihm und war jetzt ganz gespannt, was er wohl für ein Anliegen hatte. „O. k., das ist super", freute sich Raf am anderen Ende und fing gleich an zu erzählen. „Wie du ja weißt, mag ich deine Tochter unglaublich doll, und ehrlich gesagt habe ich mich in sie verliebt und wünsche mir nichts lieber, als mit ihr zusammen zu sein. So eine Frau wie sie ist mir noch nie begegnet. Sie ist so ein einzigartiger, besonderer Mensch.“ Robert bestätigte ihn und sagte, ja das weiß ich, Raf, sie ist ja auch schließlich meine Tochter, und sie bedeutet mir mehr als alles andere auf dieser Welt.“ Raf fuhr fort: „Ich brauche dich, um sie zu überraschen, und ich habe was ganz Besonderes vor. Mein Plan gestaltet sich so, wenn es deinerseits möglich wäre ...“ Er erzählte voller Euphorie, was er genau vorhatte. Robert gab immer nur ein „Aha“, „O. k.“, „Ja Wahnsinn“, „Das klingt gut“ zur Antwort. Er fand die Idee auch super und freute sich, dass es so aussähe, dass Marika den richtigen Mann bekommen und auch mit ihm glücklich werden würde. Raf sagte dann: „Jetzt bist du gut informiert, wie machen wir das nun am besten? Ich habe noch vor, Steffi zu erreichen, sie muss der Lockvogel sein; ich denke, sie wird das schon machen.“ Robert war kurz ruhig und überlegte. Man hörte nur ein Mmmmmmm am anderen Ende. Raf gab ihm die Bedenkzeit und wartete auf seine Reaktion. „Also pass auf, mein Guter, ich könnte nächste Woche kommen, und dann machen wir das genauso, wie du es vorhast. Das kriegen wir hin.“ Raf freute sich total und bedankte sich mehrfach bei ihm, aber er bat ihn: „Bitte sag nichts zu ihr, sie soll wirklich nichts wissen.“ Robert verlangte noch kurz Rafs Nummer, damit sie in Kontakt bleiben konnten. „Wir schreiben oder telefonieren noch einmal, und dann bis bald.“ Sie legten auf. Raf war überglücklich, dass Robert alles so toll fand und er es auch mit umsetzen wollte. Er konnte jetzt auch nicht mehr schlafen, so aufgewühlt war er. Am liebsten würde er gleich alles machen wollen. Währenddessen plauderte nichts ahnend Marika mit Steffi schon über eine Stunde. Steffi berichtete, dass in der Anästhesiepraxis alles bestens laufe und sie sich richtig entschieden hatte, wieder zurückzugehen. Marika erzählte von ihrem Vorhaben doch hierzubleiben und nicht zu studieren. Das fand Steffi auch ganz gut, weil sonst wären sie noch weiter voneinander weg gewesen. Sie sagte: „Für irgendwas ist es doch immer gut. Wie läuft es denn mit Raf?“, fragte sie mit einer besonderen Betonung. Steffi war auch überzeugt, dass er es mit Marika ernst meinen würde, und ergriff ständig Partei für ihn, dass sie sich endlich auf ihn einlassen sollte. Marika erwähnte gleich, was sie wieder mehr über ihn erfahren hatte, nämlich, dass er wohl kochen konnte. „Ich finde es echt cool, wenn Männer kochen können und sich nicht immer die Frau darüber Gedanken machen muss!", sagte sie. „Und weißt du, was echt der Hammer war? Er hat mich überrascht. Ich sollte in die Küche und dort warten, dann kam er und meinte, ich solle mich bis auf meinen Slip einmal nackt ausziehen", fuhr sie fort. Steffi folgte ihr ganz gespannt und fragte dazwischen: „Warum solltest du dich ausziehen? Habt ihr es dann in der Küche getrieben?" Marika lachte und schwelgte in Erinnerung. „Nee, es kam ganz anders, ich wurde dann mit verbundenen Augen ins Wohnzimmer geführt, und dort hat er mich auf höchstem Niveau verwöhnt." „Boah, krass", kam es von Steffi. „Sage ich ja, der meint es wirklich ernst mit dir, ich weiß nicht, warum du immer noch so zweifelst?" „Ach, ich weiß", sagte Marika. „Ich bin mir einfach nicht sicher, dass ich nicht wieder so verletzt werde, das möchte ich nicht noch einmal durchmachen. Wiederum bin ich froh, dass es so kam, weil sonst wäre ich nicht hier und hätte dich nie kennengelernt." „Ahhhhh", hörte man ein Stöhnen von Steffi ins Telefon, „das ist wohl wahr. Ich bin auch dankbar, dass wir uns kennengelernt haben." Marika fuhr fort mit einem Mmmmm: „Scheinbar ist es echt ein Segen, dass manche Dinge nicht so liefen, wie man es sich erhoffte bzw. sich selbst mal ausmalte." „Steffi, du hast echt recht! Ich merke ja selber, wie es immer mehr und mehr kribbelt, wenn wir uns sehen. Ich weiß, dass mir Raf nicht mehr egal ist, ich mag ihn total, und ich glaube, ich habe mich tatsächlich verliebt. Ich gehe jetzt den nächsten Schritt und werde zulassen, was da kommt, und darauf freue ich mich." Steffi sagte erleichtert: „Na endlich! Wie hast du es vor, ihm zu sagen, oder hast du es überhaupt vor, zu sagen?" „Gute Frage", antwortete Marika darauf. „Ich werde sehen, wie und wann wir uns sehen. Ach, da fällt mir ein, ich muss ja heute noch mal hin. Ich habe ja bei ihm mein Handy liegen gelassen. Das ist doch die perfekte Gelegenheit, es ihm zu sagen", meinte

Steffi. „Neee, ich will ja nicht mit der Tür ins Haus platzen, ich warte den richtigen Moment dafür ab. Mal ein anderes Thema", fing Steffi an, „wann denkst du, dass du dann auf der Ortho anfangen kannst?" „Ich habe keine Ahnung, ich warte ja noch auf Rückmeldung. Abgeschickt ist es, jetzt sind die dran. Eventuell dann ab 1.10. oder so, ich habe echt keine Ahnung. Wir werden es bald erfahren. Schnecki, hast du nicht mal Lust, demnächst noch mal herzukommen? Du hast ja jetzt die Wochenenden immer frei, da gibt es bestimmt eine Möglichkeit." „Ja", sagte Steffi, „das hatte ich eh vor, ich möchte dich auch so schnell wie möglich wiedersehen. Ich checke das mal ab, und dann gebe ich dir Bescheid. Ich muss jetzt leider auflegen, wir lesen uns, o. k.? Ich habe dich lieb, Marika." „Ich dich auch ganz arg." Dann legten sie auf. Nicht mal eine Minute später klingelte Steffis Telefon wieder, sie dachte sich: „Das ist bestimmt Marika, sie hatte sicher was vergessen zu erzählen." Als sie ranging, war sie es aber nicht. Am anderen Ende meldete sich eine männliche Stimme. „Steffi? Ich bin es, Raphael, nicht wundern, aber hättest du kurz Zeit?" Steffi war etwas verwirrt und fragte gleich: „Woher hast du meine Nummer?" Raf sagte gleich: „Ja sorry, sonst mache ich so was nicht, aber Marika hat ihr Handy hier liegen gelassen, und ich habe ihre PIN bekommen, und so habe ich mir die wichtigsten Nummern rausgeschrieben." „Wie die wichtigsten Nummern?", fragte Steffi verwundert und war etwas irritiert. Raf antwortete: „Ja, ich weiß, das klingt alles ein bisschen komisch, ist es aber nicht, ich erkläre es dir!" Sie erzählten eine ganze Weile. Steffi verstand dann auch sein Handeln, und sie freute sich darüber, was er vor- und geplant hatte. Sie war begeistert über sein Vorhaben und gab immer ein „Boah, cool, da wird sie sich freuen, das wird mega" dazu. Sie meinte auch: „Ist echt lustig, da ich gerade mit Marika drüber gesprochen habe, wann ich mal wieder zu ihr kommen werde. Dann ist das jetzt die perfekte Gelegenheit, weil ich eh da bin. Ich bin gerne ihr Lockvogel, und ich halte mein Versprechen, ihr nichts zu sagen." Raf war erleichtert, dass seine Erklärung für Verständnis sorgte und Steffi auch mitmachte bei der ganzen Aktion.

<< *Kapitel 13* >>

Tage vergingen, alle Vorbereitungen liefen. Raf kümmerte sich um seine Überraschung, Steffi war auf dem Weg zu Marika, und Robert plante seinen Kurztrip nach München. Somit lief wirklich alles nach Plan. Marika erhielt in den Tagen ihre Zusage, dass sie am 1.10. als Krankenschwester auf der Orthopädie beginnen dürfe. Dies freute sie sehr, aber noch größer war die Freude auf die Ankunft von Steffi, sie hatte vor, über das ganze Wochenende zu bleiben. Schon klingelte es, es war Steffi. Marika rannte zur Tür, und beide fielen sich erst mal in die Arme, da es gefühlt schon eine Ewigkeit her war, dass sie sich gesehen hatten. Steffi sagte: „Es tut mir so gut, hier zu sein, und vor allem bei dir! Ich habe dich unglaublich vermisst!" „Ich dich auch", gab Marika mit einem glücklichen Seufzen von sich. Steffi hatte von Raf die Info bekommen, dass es heute in der Dämmerung stattfinden sollte. Sie schlug vor: „Was hältst du davon, wenn wir jetzt was essen gehen und danach noch einen kleinen Spaziergang machen? Ich habe Hunger, und da ich die ganze Zeit im Auto saß, möchte ich etwas laufen." Marika war damit einverstanden. Sie machten sich beide fertig, stylten sich wie damals, wo sie noch regelmäßig abends unterwegs waren. Als sie fertig waren, stiefelten sie zu ihrem Lieblingsitaliener ums Eck. Währenddessen landete auch Robert am Flughafen. Dort empfing er gleich Raf und begrüßte ihn: „Na, mein Guter, hast du alles fertig für deine glorreiche Überraschung?" „Ich freue mich, daran teilhaben zu dürfen, wenn wir gleich meiner Tochter wahrscheinlich die Sprache verschlagen werden." Raf holte aus seiner Tasche ein weißes, riesengroßes bedrucktes Banner, das Robert am Flugzeug befestigen sollte. Da sich Robert unsicher war, wo und wie er das am besten befestigen sollte, holten sie sich Hilfe von einem Bodenpersonal am Flughafen. Es dauerte nicht lange, ratzfatz, war das Banner professionell angebracht. Robert und Raf bedankten sich und stiegen ins Flugzeug. Robert meinte: „Ich habe mir die Strecke schon einmal angeschaut, wo du hinmöchtest! Ich denke, wir werden circa zwanzig bis fünfundzwanzig Minuten brauchen, um dort zu sein. Wir müssen nur schauen, dass wir eine gute Höhe bekommen, weil momentan auch viele Kraniche in den Süden fliegen!" Raf gab ihm zu verstehen: „Du wirst das schon machen, ich vertraue dir da voll und ganz!" Raf schrieb Steffi eine Nachricht, dass sie jetzt starten würden. Währenddessen stellte der Kellner im Restaurant bei Marika und Steffi gerade die Rechnung und kassierte ab. Es passte perfekt. Steffi stöhnte und meinte: „Ich bin pappsatt, und ich weiß auch ganz genau, wo wir gleich hingehen können, um heute einen schönen Sonnenuntergang zusehen!" Marika und sie hatten nämlich einen Lieblingsplatz an einem Feld direkt an einem Wald. Dort stand eine Bank, wo man den schönsten Ausblick in die Ferne hatte. Marika strich Steffi über die Hand und antwortete: „Ich weiß genau, wo du meinst, und das ist eine sehr gute Idee!" Steffi gab kurz Raf Bescheid, mit den Worten „Wir laufen jetzt los!". Wenn Marika wüsste, was sie dort eigentlich Wunderschönes erwartete. Auf dem Weg dorthin erzählte Marika, dass sie jetzt einen Plan habe, wie sie es Raf sagen möchte, und dass sie jetzt auch überzeugt sei! Steffi musste innerlich schmunzeln, da sie sich ja nichts anmerken lassen durfte. Es flog immer wieder eine Schar Kraniche über ihre Köpfe. Es war echt idyllisch an diesem Ort. Der Himmel strahlte in den besten Farben, die man sich je ausmalen konnte, und heute waren sie komischerweise besonders schön. Als ob es so sein sollte, dachte sich Steffi. Marika liebte ja Sonnenuntergänge und besonders die ganzen Farbtöne, die sich da immer vermischen. Als sie dann auf ihrer altbekannten Bank saßen, holte Marika zwei Dosen Wein aus ihrer Jackentasche. Sie gab Steffi eine Dose und fing an mit den Worten: „Auf uns, auf dass du da bist und darauf, dass wir uns kennengelernt haben!“ Sie lehnten sich beide zurück, tranken einen Schluck und genossen den Moment und die Sicht auf den prachtvollen Himmel. Steffi schaute auf ihre Uhr und wusste, es ginge gleich los. Sie war selber schon total gespannt, wie Marika wohl darauf reagieren würde. Steffi richtete besonders ihr Augenmerk auf den Himmel, und dann, wie aus dem Nichts kam ein Geräusch von einem Flugzeug. Steffis Herz fing sofort schneller an zu schlagen. Sie sprang auf und sagte ganz aufgeregt: „Ach, schau mal, da hängt ja sogar was dran!“ Marika war noch gelassen, bis Steffi erneut rief: „Da steht ja dein Name drauf!“ Marika schaute sprachlos in den Himmel. Sie erkannte sofort, dass es ihr Papa Robert war. Es hing ein weißes Banner mit einer schwarzen Aufschrift hinten dran. Das Flugzeug war in einer guten Höhe, sodass man es perfekt lesen konnte. Steffi war so nervös, dass sie den Text einfach laut vorlas. „Marika, bei dir habe ich nie nachgedacht, sondern sofort angefangen zu fühlen, ich liebe dich! Dein Raf.“ Das Ganze war mit einem schwarzen Herz am Anfang und am Ende versehen. Marika stand wie angewurzelt da und konnte ihren Augen nicht trauen. Es war unbeschreiblich für sie. Steffi hingegen war völlig aufgedreht und fragte: „Und, und, und, was sagst du? Ist das mega, oder ist das mega!!!!“ Eh es Marika überhaupt realisieren konnte, passierte was Unerwartetes. Es kam schon wieder eine Schar Kraniche angeflogen, und zwei Kraniche kollidierten mit dem Flugzeug. Sie flogen direkt in eine der beiden Turbinen. Am Boden hörte man nichts, weil es zu hoch war, aber man konnte das Geschehen deutlich erkennen. Im Gegenteil zu Robert und Raf – sie hörten einen dumpfen Knall, und das Flugzeug ruckelte. Raf sah aus dem Fenster, wie Funken über der Turbine flogen; er erstarrte kurz und musste schlucken. Robert war etwas irritiert, behielt aber die Fassung. Er war auf einmal so hoch konzentriert, dass er nicht mehr reden konnte. Er versuchte das Flugzeug zu drosseln, aber das automatische Schubwiederherstellungssystem schaltete sich ein und ließ das Triebwerk mit voller Kraft laufen, was alles nur noch verschlimmerte. Es gab einen erneuten lauten

Knall, und es ruckelte und wackelte extrem. Robert sah, dass jetzt auch die andere Turbine aus war, und somit war für ihn klar, das konnte nicht mehr gut ausgehen. Er gab Raf den Befehl: „Raf, wir haben ein heftiges Problem, wir werden abstürzen! Die Triebwerke sind ausgegangen! Such dir einen guten Halt! Ich versuche mein Bestes, diese Maschine so gut wie möglich sicher auf den Boden zurückzukriegen, aber versprechen kann ich dir leider nichts! Raf, es tut mir unendlich leid, ich weiß nicht, wie es für uns ausgehen wird." Schlagartig herrschte Totenstille. Robert versuchte seine langjährige Berufserfahrung einzusetzen, aber leider verloren sie abrupt massivst an Höhe! Marika und Steffi sahen dieses große Unglück, wie Robert seinen Flieger steil abwärts Richtung Boden steuerte. Marika schrie laut auf: „Da stimmt doch was nicht, was ist da los?!" Marika schossen die Tränen in die Augen, und sie spürte vollstes Adrenalin. Sie wusste, es musste was Ernstes passiert sein. Ihr Herz sprang ihr gefühlt aus der Brust. Aus dem Affekt heraus rannten sie beide los. Sie konnten ihren Augen nicht trauen, was da gerade geschah. Marika schrie immer wieder auf: „Papa, was tust du? Jetzt zieh hoch!" Es entwickelte sich immer mehr Rauch hinter dem Flieger. Es war ein schrecklicher Anblick. Steffi stand mehr oder weniger unter Schock und konnte nichts sagen, nicht schreien, gar nichts, sie hielt einfach nur Marikas Hand und zitterte. Robert und Raf verspürten Todesängste, aber plötzlich schalteten beide Gehirne ab, und sie fielen in Ohnmacht, weil der Druck so enorm war. Dann nahm das große Schicksal seinen Lauf. Die Maschine war nur noch ein paar Meter vom Boden entfernt, und dann passierte das, was niemand selber erleben möchte. Die Kleinmaschine knallte mit dem Cockpit auf das Feld und zerbrach durch den heftigen Aufprall in drei Teile. Feuer hatte es keins gefangen, aber das änderte sich ganz schnell, da es den Tank komplett zerlegte. Es gab eine große Stichflamme, die hell erleuchtete. Marika und Steffi blieben erstarrt stehen, und es blieb ihnen nichts weiter übrig, als es mit anzusehen. Die Stichflamme löste aber kein richtiges Feuer aus, es flogen jedoch einige Funken. Marika schrie lautstark nach ihrem Papa. Noch wusste sie nicht, dass Raf auch mit in der Maschine saß. In diesem Augenblick stand Steffi so unter Schock, aber mit leiser Stimme kam ein „Raf war auch mit drin“ über ihre Lippen! Der Kleinflieger war so beschädigt, dass keiner hätte überleben können. Es war ein absoluter Horroranblick. Marika konnte es nicht fassen und schrie: „Wie, Raf war da allen Ernstes auch drin?!“ Sie war völlig unter Adrenalin, aber auch beängstigt. Nichtsdestotrotz beschlossen die zwei schnell zur Absturzstelle zu rennen, in der Hoffnung, beide noch lebend aufzufinden. Es war schaurig, weil beide nicht wussten, welcher Anblick sie erwartete. Marika sah aus der Ferne als Erstes jemanden daliegen, man konnte nicht gleich erkennen, wer es war. Sie dachte nicht weiter nach und kam immer näher ran, bis sie erkannte, es war ihr Papa. Er lag blutüberströmt in den Trümmern. Ihr Gehirn schaltete auf volle Konzentration um, und sie wusste genau, was zu tun war. Sie schrie die ganze Zeit „Papa, Papa!“. Sie rüttelte ihn und tastete sich vor zu seinem Hals, um seinen Puls zu finden. Dort stellte sie fest, dass er keinen mehr hatte. Sie schrie panisch nach Steffi, die in der Zeit weiter nach Raf suchte, aber bisher erfolglos war. „Komm schnell! Papa hat keinen Puls mehr, wir müssen ihn reanimieren! Hilf mir!“ Steffi zögerte nicht und war sofort Gewehr bei Fuß. Sie nahmen alle Kräfte zusammen und zogen ihn erst mal aus den Trümmern und aus der Gefahrenzone aufs Feld. Durch ihre Ausbildung konnten beide richtig handeln und hatten sogar in dieser bedrohlichen Situation den Durchblick. Steffi drückte seinen Brustkorb, und Marika machte Mund-zu-Mund-Beatmung. Dies ging gefühlt ewig, aber ohne jegliche Reaktion von Robert. Nach einer gewissen Zeit erschien es wirklich hoffnungslos. Marika kullerten die Tränen über ihre Wangen, und sie schrie ihn an: „Papa, jetzt komm, werde wach, mach die Augen auf! Los Papa, jetzt bitte öffne deine verdammten Augen!“ Sie riss zitternd seine Lider hoch, um seine Pupillen zu sehen, aber sie waren lichtstarr. Dies war auch kein gutes Zeichen. Marika wurde richtig wütend und rüttelte an Roberts Schultern, weil sie einfach nur wollte, dass er aufwachte. Es war schrecklich. „Papa! Jetzt wach verdammt noch mal endlich auf! Du darfst mich nicht verlassen! Du bist mein Ein und Alles!“ Währenddessen Steffi gerade wieder mit der Herzdruckmassage dran war, zückte Marika ihr Handy und setzte einen Notruf ab. Mittlerweile wurde es auch dunkel. Durch die immer wieder kleinen aufflimmerten Funken war es recht hell erleuchtet. Das war auch ein Hinweis, den Marika beim Notruf mit angab. Steffi wurde klar, dass Raf auch irgendwo liegen musste, aber sie blieb mit bei Robert, um ihn weiter mit zu reanimieren. Es dauerte nicht lange, bis endlich Hilfe kam. Es war ein richtiges Aufgebot an Rettungsfahrzeugen und Feuerwehren. Marika und Steffi ließen nicht von Robert ab, bis die Rettungskräfte übernahmen. Marika war fix und fertig und stand so unter Schock, weil ihr bewusst war, ihr Papa würde es nicht mehr schaffen! Sie brach kurz darauf zusammen. Die Sanitäter baten sofort Hilfe an, aber Marika meinte, es ginge schon, doch sie stand sichtlich unter Schock! Steffi nahm sie in den Arm und versuchte sie zu trösten, aber was sollte in so einem Moment auch schöngeredet werden. Steffi machte den Helfern klar, dass noch jemand in den Trümmern wäre. Die Sanitäter und die Feuerwehrmänner starteten sofort mit der Suche, und sie fanden ihn auch gleich. Rafs Bein wurde zuerst gesichtet, und dann stellte sie mit Erschrecken fest, dass er eingeklemmt war. Überall war Blut, und sein Kopf hatte eine große Platzwunde an der Stirn. Steffi bekam mit, dass sie ihn gefunden hatten, und fragte sofort: „Lebt er?" Die Ersthelfer konnten erstaunlicherweise tatsächlich seinen Puls spüren. Sie gaben laut die Info: „Schnell hierher, diese Person lebt, wir müssen ihn hier rausholen!" In dem Moment, als Steffi es wahrnahm, drückte sie Marika von sich und meinte: „Hörst du! Raf lebt!" Marika riss ihre Augen auf, war total überrascht und rief: „Was, er lebt?" Sie stand völlig neben sich, und ihre Tränen liefen und liefen. Sie gingen sofort rüber zu ihm. Der eine Sani sagte: „Das ist mehr als ein Wunder, dass man so etwas überlebt, aber sein Puls ist wirklich tastbar, leider nur sehr schwach!" „Er wird es aber schaffen?", fragte Marika unter Tränen. Sie versuchten alle eifrig mit anzupacken, um Raf, so schnell wie möglich, dort rauszubekommen. Als er dann an einer sicheren Stelle war, zischte es auf einmal extrem laut, und die Trümmerteile gingen in Flammen auf. Durch das laute Geräusch erschraken alle am Unfallort. Die Feuerwehr bereitete in Windeseile alles vor und begann sofort mit den Löscharbeiten. Es war ein grauenvoller Anblick, was einem einen kalten Schauer über den Rücken laufen ließ. Die Sanis und ein neu eingetroffener Notarzt, der mit einem Helikopter kam, untersuchten Raf nach genaueren Verletzungen. Überall sah man Blut, und er war nicht ansprechbar. Raf hatte an mehreren Körperregionen Verletzungen. Sein Bein war schief, dies deutete auf einen sichtbaren Bruch hin. Er war sehr blass, sein Blutdruck war sehr niedrig, aber sein Puls schlug sehr schnell. Seine Pupillen reagierten nur schwach. Seine Hose war überwiegend zerrissen, und man erkannte einige Schürfwunden. Die Sanis gingen auch davon aus, dass seine Rippen gebrochen waren, da er Trümmerteile auf sich liegen hatte. Aus seiner Nase lief ebenfalls Blut, woraus man noch nichts schließen konnte, eventuell war sie aber gebrochen. Die Feuerwehr war mit den Löscharbeiten fertig, und sie stellten gerade überall Flutlichter auf, da es inzwischen schon dunkel war. Ein anderer Notarzt war bei Robert zugange. Nachdem sie es noch eine halbe Stunde weiter versuchten, ihn zu reanimieren, wurde er dann bedauerlicherweise doch für tot erklärt. Sie konnten nichts mehr für ihn machen. Mitunter waren mittlerweile auch Polizisten mit vor Ort, die dann mit der Staatsanwaltschaft telefonierten. Diese organisierten die Abholung und Freigabe von Robert. Marika bekam dies alles noch nicht mit, weil sie bei Raf stand und zuschaute, wie er die Erstversorgung bekam. Er wurde mit einer Halskrause und einem Beckengurt gesichert in eine Vakuummatratze gelegt. Er hatte mittlerweile um alle sichtbaren Wunden Verbände gewickelt. An seinen Händen hatte er mehrere Braunülen liegen, wo Infusionen angeschlossen waren. Seine Nase war gesäubert, man sah kein Blut mehr rauslaufen. Über seinem Gesicht sah man eine Maske, worüber er Sauerstoff bekam.

Sein Zustand war aktuell noch sehr kritisch, er schwebte in Lebensgefahr. Deswegen setzten sie alle Hebel in Bewegung, um ihn in den Helikopter zu bringen. Marika war fix und fertig und fragte, ob sie mitfliegen dürfte, aber dies war leider nicht möglich, da es im Helikopter hinten nur begrenzt Platz gab. Raf wurde von hinten in den Helikopter verladen. Sein Zustand war noch kritisch, aber es gab geringe Hoffnung. Man hörte noch ein Klacken, weil alle Türen geschlossen wurden. Der Pilot hatte währenddessen schon die Propeller aktiviert, es wurde richtig laut, und ein kleiner Windstoß kam auf. Es traten alle zur Seite, sodass der Heli sicher starten konnte. Er hob ab und flog davon in die Klinik, wo Marika und Raf arbeiteten. Marika starrte dem Heli noch nach und war völlig in Gedanken. Steffi blieb plötzlich fast das Herz stehen, als sie sah, dass ein Leichenwagen angefahren kam. Sie sagte nichts zu Marika, sie wollte ihr kurz Zeit geben, weil sie ahnte, dass es jetzt richtig schlimm für sie werden würde. Sie nahm sie an die Hand und versicherte ihr damit, sie war nicht alleine. Marika seufzte und schüttelte sich kurz, klare Gedanken konnte sie aber nicht fassen. Steffi wusste nicht, welche Worte sie in der sehr schrecklichen, schaurigen Situation wählen sollte, deshalb schwieg sie weiter.

Als Marika sich umdrehte, wollte sie nicht glauben, was sie sah. Einen Leichenwagen! Sie schrie laut auf: „Neeeeeeeeeiiiiiiiiiiinnnnnnn, Papa!" Er lag am Boden, und keiner war mehr an ihm beschäftigt. Sie rannte hin und schrie alle an: „Ihr könnt doch nicht einfach aufhören, das ist mein Papa." Sie versuchte selber wieder anzufangen, auf seinem Brustkorb rumzudrücken, und stand dabei unter Tränen. Sie schrie: „Jetzt kommt, helft mir, Papa ist nicht tot! Er schafft das! Papa, bitte, du musst, du kannst nicht gehen, nicht heute und nicht jetzt! Papa, bitttttteeee. Öffne die Augen!" Sie war voller Tatendrang, sie wollte nicht aufhören, aber es war zwecklos. Robert war bereits für tot erklärt. Marika stand völlig neben sich und wollte es nicht wahrhaben. Einer der Notärzte ging zu ihr, versuchte sie zu beruhigen und Marika aus der Situation rauszuholen. Alle vom Einsatzteam waren niedergeschlagen. Auch Steffi wurde jetzt bewusst, dass da nichts mehr zu machen war. Sie wollte stark sein für ihre Marika, und auch sie versuchte, Marika von Robert zu lösen. Marika krallte sich dennoch so fest, dass der Notarzt und Steffi Gewalt hätten anwenden müssen, aber sie gaben ihr noch einmal die Zeit. Sie zogen sich beide zurück und behielten Marika im Auge. Sie legte ihren Kopf auf Roberts Brustkorb und weinte bitterlich. Sie murmelte immer wieder: „Papa, du darfst nicht gehen, ich brauche dich doch. Das kannst du mir nicht antun. Bitte öffne die Augen, Papa." Sie war wie gelähmt. Die zwei Männer, die den Leichenwagen herfuhren, holten schon einmal den Sarg aus dem Auto. Steffi stand auch wie angewurzelt da und fühlte sich total hilflos. Marika so zu sehen war für sie fürchterlich.

Auch sie wurde von einem Notarzt angesprochen und gefragt, ob sie denn Hilfe bräuchte. Steffi gab zu verstehen, dass es wirklich der grausamste Moment in ihrem Leben sei, den sie bisher erlebt hatte. Ihr liefen auch dauerhaft die Tränen. Sie sagte dann: „Ich hoffe, ich bekomme Marika da bald weg, das ist alles so schrecklich und unfassbar!" Der Notarzt versicherte ihr, dass sie das übernähmen. Er bot Steffi an, mit Marika im Krankenwagen mit ins Krankenhaus zu fahren. Steffi nickte nur. Sie sollte schon in den Krankenwagen gehen, dort wurde ihr dann von einem Sani geholfen, sie bekam was zum Trinken, und ihre Vitalwerte wurden geprüft, es war aber Gott sei Dank alles so weit in Ordnung. Der Notarzt ging zu Marika, die immer noch auf ihrem Papa lag. Sie hielt ihren Papa richtig fest. Mittlerweile war sie ruhig und hatte die Augen zu. Man sah aber, wie die Tränen noch liefen.

Der Notarzt streichelte ihr über den Rücken und sagte: „Marika, komm, wir müssen dich mal kurz anschauen und die Vitalwerte messen!" Marika war wie erstarrt. Sie öffnete kurz die Augen und sagte: „Ich lasse Papa nicht gehen, ich bleibe hier! Ihr dürft ihn mir nicht wegnehmen." Marika fing an zu zittern, und ihr Körper signalisierte Angst und Unruhe. Ihr wurde auch schlecht, dies teilte sie dann doch mit und erbrach sich sofort. Der Notarzt zögerte nicht lange und nahm sie einfach hoch. Sie konnte kaum stehen, sie brach fast zusammen. Ein Sani griff ihr mit unter die Arme, man konnte sehen, wie ihre Gesichtsfarbe sich änderte, sie war kreidebleich und richtig blass. Ihr fehlten auch die Kräfte, sich noch großartig zu wehren, daher ließ sie es über sich ergehen. Schreien konnte sie auch nicht mehr, sie stand sichtlich unter Schock. Der Notarzt versorgte sie dann im Krankenwagen, sie bekam eine Braunüle gelegt und erst mal Infusionen gegen die Übelkeit. Ihre Vitalwerte waren leicht im Keller, aber das war ja normal, nachdem was da gerade geschehen war. Steffi sorgte sich um Marika, aber sie bekam mit, dass es ihr so weit gut ginge. Steffi blickte noch einmal nach draußen und sah, wie Robert gerade in den Sarg gelegt wurde, es war fürchterlich! Dann schloss ein Sani die Tür vom Krankenwagen, und schon fuhren sie los zur Klinik.

<< *Kapitel 14* >>

In der Klinik angekommen, wurden Marika und Steffi in der Notaufnahme gleich erkannt, da sie ja dort beide in der Ausbildung waren, und empfangen. Ein damaliger Kollege von ihnen kümmerte sich sofort um Marika. Sie bekam gerade noch eine Infusion, da sie ja im Krankenwagen erbrochen hatte. Steffi ging es erstaunlicherweise gut, nur psychisch war sie angeschlagen, was man ihr auch ansah, da sie ja alles live miterlebt hatte. Marika sah auch sehr mitgenommen aus, sie hatte Augenränder, und ihre Augen waren leicht zugeschwollen, vom vielen Weinen. Sie konnte gar nichts sagen und schwieg.

Steffi erkundigte sich aber sofort nach Raf und erfuhr, dass er bereits auf der Intensivstation lag. Er wäre wohl stabil und nicht beatmet. Marika wollte trotzdem so schnell wie möglich zu ihm. Steffi fragte auch, ob er schwerere Verletzungen hätte. Ihr Kollege meinte nur: „Frag das lieber den zuständigen Arzt unten auf der Intensiv!“ Da beide in der Klinik arbeiteten, war es auch möglich, dass sie gleich zu ihm auf die Intensivstation durfte. In einem Rollstuhl wurde sie dann von Steffi auf die Intensiv geschoben. Sie hatte einen Infusionsständer zwischen den Rädern, da die Infusion noch lief. Marika hatte es so eilig, zu Raf zu kommen, da wollte sie keine Minute länger warten, bis die Infusion durch war. Auf dem Weg dorthin stieg die Nervosität. Steffi beruhigte Marika mit den Worten: „Gott sei Dank ist er nicht beatmet.“ Marika seufzte nur und gab ein kleinlautes Mmmm von sich. Als sie dann auf der Intensivstation waren, wurden sie gleich von dem zuständigen Arzt Dr. Otto Prinkelstein erwartet. Steffi und Marika kannten ihn beide. Otto wusste, dass sie kämen, da die Notbehandlung ihn informiert hatte. Er war etwas verwundert, dass sie kamen, aber als er dann von Marika selbst erfuhr, dass sie mit Raf zusammen sei, war das alles kein Problem. Er begleitete beide mit zu ihm ins Zimmer. Da lag er in seinem Bett. Er hatte einen Kopfverband, man sah noch Schürfwunden, die leicht punktuell bluteten, an seinen Armen erkannte man auch Verbände, am Hals hatte er einen ZVK liegen, über den mehrere Infusionen liefen. Am Bett hing ein Kanister, es war eine Bülau, diese wird benötigt, wenn die Lunge verletzt ist und sich nicht mehr richtig entfalten kann. Raf hatte die Augen zu und wirkte tief schlafend. Er sah friedlich aus. Es wirkte so, als hätte er auch keine größeren Schmerzen. Otto warnte gleich und meinte: „Er wird nicht viel mitbekommen, wir haben ihm eine ordentliche Dosis an Schmerzmitteln gegeben." Marika fragte unter Tränen: „Geht es ihm gut, was hat er denn für Verletzungen?" Otto antwortete ihr erneut: „Ja, er hat wirklich Glück gehabt, er muss echt einen Schutzengel gehabt haben." Marika schluchzte und sprach leise: „Den hatte Papa leider nicht!" Steffi strich ihr über den Rücken und leistete Beistand. Sie war echt eine tolle Stütze für Marika. Otto fuhr fort: „Er hat sich ein paar Rippen gebrochen, komischerweise nur auf einer Seite, dann hat er viele oberflächige Verletzungen an den Extremitäten, sein Bein musste gegipst werden, aber es braucht nicht operiert zu werden. Wir haben auch innerlich alles abgeklärt, und aktuell ist nichts Offensichtliches zu sehen, außer im Pleuraspalt haben wir einen Erguss gefunden, deshalb hat er auch die Bülau bekommen, aber es ist wirklich nichts Größeres." „Was hat er am Kopf?", fragte Steffi. „Da hatte er eine größere Platzwunde, die geklammert wurde, der Verband sieht nur so dramatisch aus, der soll aber bloß schützen." Er war auch mit dem Monitor verkabelt, wo seine Vitalwerte und Sättigung überwacht wurden. Steffi fuhr Marika mit dem Rollstuhl an sein Bett. Marika nahm sofort seine Hand und hielt sie ganz fest. Steffi strich über seine Bettdecke und wiederholte sich mit einem „Gott sei Dank, Raf“. „Wir werden ihn jetzt noch ein bis zwei Tage auf der Intensivstation lassen und ihn überwachen. Morgen bekommt er noch mal einen Ultraschall vom Bauch, und wir röntgen ihn noch einmal, um zu sehen, ob sich der Erguss schon verkleinert hat.“ Otto legte seine Hand auf Marikas Schultern und tröste sie mit einem: „Keine Sorge, der wird schon wieder! Ihr könnt gerne hier bei ihm bleiben, wenn ihr wollt.“ Marika drehte sich zu ihm und schaute ihn mit großen Augen an: „Echt, wir dürfen bleiben, danke, Otto, wirklich!“ Otto beauftragte eine Schwester, noch einen großen Lehnstuhl zu holen, damit sich Steffi auch setzen konnte. Die Schwester zeigte ihnen, wo die Patientenklingel war, falls sie etwas brauchten. Marikas Infusion war mittlerweile durch, diese stöpselte die Schwester gleich mit ab. Marika bedankte sich nochmals für alles. Steffi ließ sich erschöpft in den Stuhl nieder. Sie war auch an ihre Grenzen gekommen. Mittlerweile war es schon nach Mitternacht, und sie war echt müde. Sie sprach zu Marika: „Süße, kann ich noch was für dich tun?“ „Nein, Maus, danke, echt, danke dafür, dass du bei mir bist.“ Es dauerte nicht lange, und Steffi schlief tatsächlich ein. Marika konnte nicht schlafen, sie war so aufgelöst, sie fühlte sich so leer, so ausgelaugt, einfach am Boden zerstört. Sie hatte so heftige gemischte Gefühle, Trauer und Freud zugleich. Sie nahm ihre Hand und streichelte Raf über seine Wange, immer und immer wieder. Dabei liefen ihr die Tränen nur so runter. Umso später es wurde, desto mehr spürte Marika ihre Erschöpfung. Sie ließ Rafs Hand nicht los. Sie legte ihren Kopf neben seinen auf das Kissen und sah, wie sich seine Augenlider bewegten. Marika wusste, wenn sich die Lider im Schlaf bewegen, dann träumt derjenige. Sie legte ihre Hand auf sein Herz und fing an, mit ihm zu reden. „Raf, ich weiß, du hörst mich! Ich bin da! Ich bin bei dir! Ich lasse dich nicht alleine! Ich lasse dich nie mehr alleine! Raf, ich liebe dich! Bitte wach auf.“ Es war kaum zu glauben, aber genau in diesen Moment spürte Marika auf einmal eine Hand auf ihrem Rücken, es war Rafs. Er wurde wach, er war sehr schwach, aber er kämpfte. Er konnte ein leises „Ich liebe dich auch, Sweety“

von sich geben. Plötzlich gab der Monitor Alarm, eine Schwester und Otto waren sofort im Zimmer.

Marika und Steffi erschraken beide und fragten beängstigt: „Was ist los?“ Otto war erleichtert, als er sah, was der Grund war, dass Rafs Puls rasant anstieg. Er war gerade erwacht. Otto schnaufte kurz tief durch und gab Marika Entwarnung, dass nichts weiter wäre. Er schaute sich Raf an und fragte nach seinem Befinden, ob er Schmerzen hätte. Da Raf zu schwach war, um zu antworten, konnte er nur kurz seinen Kopf nach links und rechts drehen, was auf ein Nein hindeutete. Die Schwester stellte den Alarm am Monitor aus, und danach verließen beide wieder das Zimmer. Auch Steffi war beruhigt und konnte sich wieder in ihrem Lehnstuhl niederlassen. Sie seufzte erleichtert und gab ein: „Siehst du, alles wird gut!“, von sich. Raf fielen vor Schwäche wieder die Augen zu, und seine Werte stabilisierten sich. Marika verspürte unglaublich das Gefühl, Raf nah zu sein, sie legte sich mit zu ihm ins Bett. Sie hatte nicht viel Platz, aber das war ihr egal. Hauptsache, sie war bei ihm. Sie war ihm so nah, dass sie seinen Atem spüren konnte, und ihre Hand lag sanft auf seinem Brustkorb, wo sein Herz deutlich pochte. Marika merkte, wie sie eine Verlustangst entwickelte, nach dem, was sie heute erlebt hatte, war es auch kein Wunder! Für sie war Raf ihr Ein und Alles, und sie war sehr dankbar dafür, dass er lebte. Sie war auch sehr erschöpft und kam so langsam zur Ruhe. Nach ein paar Stunden war sie wie in einem Dämmerzustand. Sie sah auf einmal ihren Papa. Es war eine Situation wie damals als Kind, als er sie von der Kur abholte. Robert stand am Strand, hielt die Arme auf und rief: „Komm, mein Kind, wir fahren nach Hause!“ Marika rannte ihm mit geöffneten Armen entgegen und war voller Freude, ihren Papa endlich wiederzusehen. Umso näher sie ihm aber kam, desto weiter war er immer wieder weg. Sie schaffte es nicht, in seine Arme zu gelangen. Sie fing an mit Weinen und blieb stehen, sie verstand es nicht. Roberts Stimme wurde immer leiser und verwaschener, das Letzte, was sie von ihm hörte, war „Marikaaaa“, und dann verschwand er im Nichts. Sie schrie laut los: „Papaaaaaaaa!“

Steffi schrak erneut hoch, sprang sofort auf und ging zu Marika. „Heeee, du hast geträumt, ich bin da, Raf ist da. Es ist alles gut", wollte Steffi nicht sagen, denn so war es ja nicht. Marika war wie benommen, und die Tränen liefen wieder über ihre Wangen. Unter einem Schluchzen sprach sie: „Wir müssen Kelly anrufen und ihr Bescheid geben, dass Papa ..." Sie konnte es nicht aussprechen.

Steffi versuchte sie zu trösten und sagte: „Das machen wir morgen in aller Ruhe, ich kann es auch für dich übernehmen." „Und oh Gott", fuhr Marika fort: „Raf weiß es ja auch noch nicht! Wenn er es erfährt, dann wird er sich sicher Vorwürfe machen und sich die Schuld an allem geben!" Unter Tränen streichelte sie ihm über seine Wange, küsste ihn sanft auf seinen Mund und flüsterte: „Ich liebe dich, Raf, ich liebe dich!" Der Morgen brach an, und die Krankenhausroutine begann. Es kam eine Schwester rein, die für Raf zuständig war. Sie verhielt sich noch recht leise, weil sie keinen weiter wecken wollte. Steffi und Marika waren beide wach, sie kannten sie aber nicht. Sie stellte sich kurz vor: „Hallo, ich bin Jule, ich habe schon bei der Übergabe gehört, dass ihr beide hier im Haus gelernt habt! Dr. Rafael Grünemann kenne ich auch nicht, da ich nur auf der Intensiv bin." Steffi stellte sich und Marika vor, und so war es ein recht lockerer Umgang. Marika wollte wissen, was jetzt geschehe. Jule klärte sie auf und meinte: „Wenn Raf aufgewacht ist, schauen wir erst mal, wie er beieinander ist, dann kommt gleich der zuständige Arzt und schaut ihn sich noch einmal an." Marika saß auf Rafs Bett und spürte plötzlich, wie er sich bewegte. Er wurde wach. Er sprach sogar: „Heeee Sweety, du bist ja hier." Marika drehte sich zu ihm und freute sich, dass es ihm scheinbar gut ging. Sie fragte ihn, wie er sich fühlte. Raf antwortete: „Eigentlich ganz gut": er fragte gleich: „Was ist eigentlich passiert, ich kann mich an nichts erinnern. Ich möchte mich auch gerne mal aufsetzen." Jule hatte in der Zeit schnell den Arzt geholt. Otto war noch da. Er begrüßte ihn mit einem: „Na, mein Freund, bist du auch mal erwacht? Alles klar bei dir?" „Mir geht's gut, was ich so weit fühle, ich kann mich nur an nichts erinnern, und ich möchte mich gerne hinsetzen." Jule und Marika halfen ihm, und es ging wirklich erstaunlich gut, er saß tatsächlich an der Bettkante. Raf entdeckte Steffi und stellte fest: „Du bist ja auch hier!" Jule sortierte noch die ganzen Kabel, mit denen Raf verbunden war. Otto fuhr fort: „Wir werden dich gleich noch einmal röntgen, dann deinen Bauch anschauen, und Blut wird noch abgenommen." Es dauerte nicht lange, da kam eine Dame vom Röntgen. Dass er saß, war perfekt für die Aufnahme. Es wurden kurz alle aus dem Zimmer geschickt, und Raf wurde geröntgt. Vor der Tür entschied sich Steffi erst mal zu fahren. Sie war sehr erschöpft und wollte auch duschen.

Marika verstand es und meinte: „Kann ich dich später anrufen, dass du mich abholst?" „Natürlich, was ist das denn für eine Frage, Maus?" Als sie wieder reindurften, gab Marika Steffi ihren Haustürschlüssel und verabschiedete sich. Steffi klopfte Raf auf die Schulter und meinte: „Ich geh jetzt, bis später eventuell!" Otto ging sich kurz die Bilder anschauen und wertete sie aus. Marika täuschte vor, dass sie mal auf die Toilette musste, und verließ ebenfalls das Zimmer. Sie ging aber zu Otto, um mit ihm zu sprechen. Otto fragte sie sehr betroffen: „Denkst du, Raf hat eine retrograde Amnesie? Und wie machen wir das jetzt, er will ja wissen, was passiert ist?" Otto bestätigte Marika und sagte: „Wir müssen jetzt sehr behutsam mit ihm umgehen und schauen, was da so kommt an Erinnerungen. Versuch, erst mal nichts von Robert zu erwähnen." Der Name löste sofort wieder Tränen aus. Otto sprach ihr auch noch sein Beileid aus und nahm sie kurz in den Arm. Marika schluchzte und sagte Danke. Um die Situation zu retten, lenkte Otto gleich wieder die Gedanken auf Raf und seine Röntgenergebnisse. „Also es sieht ganz gut aus, der Erguss war wirklich sehr klein, ich denke die Bülau kann in ein bis zwei Tagen gezogen werden." Marika wischte sich die Tränen ab und ging mit Otto gemeinsam zu Raf. Sie setzte sich zu ihm ins Bett. Otto nahm sich den Stuhl von Steffi und setzte sich zu den beiden. Marika nahm sich Rafs Hand und hielt sie ganz fest. Otto informierte Raf über sein Ergebnis und unterhielt sich mit ihm, über seine ganzen Verletzungen. Marika saß da und war in Gedanken bei ihrem Papa. Sie wollte stark sein und sich nichts anmerken lassen, deshalb holte sie sich selber aus dem Gedankenkarussell zurück. Raf fragte erneut: „Was ist überhaupt passiert, wieso bin ich hier?“ Otto übernahm das Ruder und beruhigte ihn mit den Worten: „Du hattest einen Unfall und wirklich mehrere Schutzengel, dass du so gut dabei weggekommen bist.“ Raf begann zu starren, und man merkte, er strengte sich an, um irgendwelche Informationen zu bekommen, aber es kam nichts, es war alles wie weggeblasen. Otto besänftigte ihn. „Du hast eine retrograde Amnesie, das wird die nächsten Tage schon wiederkommen, wichtig ist, dass du dich nicht zu sehr anstrengst oder dich unter Druck setzt. Es wird schon wieder alles.“ Marika blickte Otto an und schnaufte tief durch. „Jetzt komm erst mal wieder zu Kräften, und dann sehen wir weiter.“ Er nahm ihm dann auch das Blut ab und bat ihn sich wieder hinzulegen, da Otto jetzt einen Ultraschall vom Bauch machen wollte. Während Raf von Jule und Marika ins Bett mobilisiert wurde, bekam er deutliche Schmerzen in der Seite, wo die Rippen gebrochen waren. Otto veranlasste sofort Schmerzmittel, die er auch gleich bekam. Es wurde dann schnell besser, weil es hoch dosierte Schmerzmittel waren. Beim Ultraschall stellte Otto nichts fest, es war alles unauffällig. Gott sei Dank. Raf wurde wieder etwas müde. Otto meinte: „Ja, dann schlaf etwas, und du, Marika, du solltest auch mal heimfahren und etwas zur Ruhe kommen.“

Marika zögerte nicht und rief Steffi an. Die kam gerade aus der Dusche und sagte: „Ich ziehe mich noch schnell an, und dann komme ich. Wartest du am Eingang?“ „Ja, ich komme zum Parkplatz, bis gleich und danke!“ Marika verabschiedete sich kurz von Raf und ging mit Otto aus dem Zimmer. Otto versicherte ihr: „Du brauchst dir keine Sorgen zu machen, es ist wirklich so weit alles o. k. Ich melde mich bei dir, falls die Blutwerte jetzt sehr auffällig wären, wovon ich aber nicht ausgehe! Fahr echt heim, und versuch abzuschalten. Es ist keine leichte Situation für dich, das verstehe ich, aber du musst in erster Linie wirklich an dich denken und Kräfte sammeln. Es ist keinem geholfen, wenn du nun auch noch zusammenbrichst." „Ja, du hast recht", erwiderte Marika. „Ich danke dir für alles, und falls irgendwas ist, bitte ruf mich an. Dann bis später."

<< *Kapitel 15* >>

Als Marika und Steffi dann wieder zu Hause waren, legten sich beide erst mal auf die Couch, um ein bisschen runterzukommen. Marika versuchte es eine ganze Weile, aber die Gedanken kreisten. Es beschäftigte sie so sehr, dass Raf so gar nichts mehr von dem Unfall wusste und auch nicht, dass Robert dabei war. Außerdem wurde ihr richtig schlecht, da sie ja noch Kelly über alles informieren musste. Steffi merkte, dass Marika die ganze Zeit überlegte. Sie bot ihr noch einmal an, dass sie doch Kelly anrufen könnte, aber das wollte Marika nicht. „Ich schaffe das schon irgendwie", sagte sie zu ihr. „Ich denke, ich werde es auch jetzt machen, denn umso länger ich es vor mir herschiebe, umso mehr denke ich darüber nach und mach mich selber damit fertig." Sie griff also zum Telefon. Sie wählte die Nummer und war sehr nervös. Mit einem Ruck drückte sie die rote Taste und warf das Telefon auf die Couch, sie sagte mit lauter aggressiver Stimme: „Ich kann das nicht, ich kann Kelly nicht sagen, dass Robert tot ist! Er ist tot, tot, er kommt nie wieder!" Sie rutschte auf die Knie zu Boden und weinte bitterlich. Steffi war ihr sofort zur Stelle und versuchte sie zu trösten. „Ich weiß, er kommt nie wieder, aber du hast ihn für immer in deinem Herzen. Süße komm, gib mir das Telefon, ich mache das jetzt für dich, ich kann das echt nicht mit ansehen." Marika schluchzte vor sich hin, ihr lief die Nase. Steffi reichte ihr ein Taschentuch. „Komm", sagte sie wieder, „wisch die Tränen weg, Robert hätte das nicht gewollt, dass du so weinst." Sie nahm das

Telefon und drückte auf Wahlwiederholung. Sie stellte auf laut, damit Marika wenigstens mithören konnte. Steffi klopfte das Herz auch bis zum Anschlag, sie hatte ja so was auch nie vorher gemacht. Es tutete ein paar Mal, und dann ging Kelly ran. Sie grüßte mit einem: „Hey Marika!“ Steffi war kurz ruhig, sodass Kelly „Hallllllloooooo“ sagte. „Hallo Kelly, hier ist nicht Marika, ich bin es, Steffi.“ „Oh“, klang sie erschrocken, „ist wohl was mit Marika passiert?“ „Nein, also nicht direkt.“ Kelly wurde nervös: „Was ist denn los?“ Steffi fing an. „Marika geht es so weit gut.“

„Aber?“, fragte Kelly empört. „Robert und Raf hatten einen schweren Flugzeugabsturz.“ „Waaaaaassssss, was ist passiert?“ Steffi atmete tief ein und fuhr fort: „Raf hat es überlebt, er liegt im Krankenhaus, auf der Intensiv.“ „Und waaaaassss ist mit Robert?“, wurde Kelly lauter. Marika konnte nicht anders und übernahm. Tief berührt sagte sie: „Kelly, es tut mir so leid, er hat es nicht geschafft, er ist noch an der Unfallstelle verstorben.“ Sie schluchzte und fing wieder mit Weinen an. „Kelly, du musst kommen: Papa ist tot. Er ist tot, er kommt nie wieder.“ Kelly legte vor Schock und Schreck erst mal auf. Steffi und Marika waren verwundert über ihre Reaktion. Steffi meinte: „Oh Mann, das sind echt die härtesten Momente, die keiner erleben möchte, wirklich keiner. Wir warten jetzt kurz und geben ihr etwas Zeit, ich denke, es war bewusst, dass sie aufgelegt hat. Immerhin hat sie gerade erfahren, dass ihr Mann verunglückt ist.“ So war es auch, Kelly dachte, sie wäre in einem schlechten Traum und wollte einfach nur aufwachen. Sie konnte nicht glauben, was sie da gerade erfahren hatte. Sie stand wie unter Schock, hatte einen Kloß im Hals, konnte aber nicht weinen, sie war wie versteinert. Nach ein paar Minuten schüttelte sie sich und hoffte, es war nicht Wirklichkeit. Sie nahm das Telefon und rief Marika an. Es klingelte, dieses Mal ging Marika gleich hin. Sie meldete sich mit: „Kelly?“ „Ja, mein Kind, ich bin es! Sag mir bitte, dass es nicht wahr ist, was ihr mir da gerade erzählt habt.“ „Leider ja, Kelly, und es tut so unglaublich doll weh. Ich kann es selber noch nicht richtig glauben, dass Papa nie wiederkommen wird.“ Marika konnte sich nicht beherrschen und heulte wie ein Schlosshund. Kelly wusste am anderen Ende gar nicht, wie ihr geschah. Ihr schossen Tausende Gedanken durch den Kopf; sie schwieg, sie konnte gerade nichts mehr sagen. Man hörte nur Marikas Weinen. Steffi fragte sanft: „Kelly bist du noch da?“ Kelly antwortete aber gleich: „Ja, ich bin noch dran, ich war gerade nur in Gedanken.“ Steffi fragte erneut: „Wie geht es jetzt weiter, könntest du herkommen? Sollen wir irgendetwas organisieren oder noch jemanden darüber informieren?“ Kelly meinte: „Nein, lasst gut sein, ihr Lieben!“ Sie dachte sich, sie war jetzt die verantwortliche Person für alles, es war Marikas Vater, es war nicht ihre Aufgabe, sich um alles zu kümmern. Kelly sprach zu Marika, die in der Zeit ruhiger geworden war: „Mein Kind, ich werde morgen kommen und bei euch sein!“ Marika hatte dennoch eine Bitte. „Kelly, versprich mir eins, nimm bitte keinen Flug! Ist es möglich, irgendwie anders herzukommen? Ich möchte nicht, dass du in ein Flugzeug steigst!“ „Das verstehe ich, Marika, und ich werde auch mit dem Zug zu euch kommen. Ich werde jetzt gleich alles buchen und organisieren“, gab Kelly ihr zu verstehen. „Mich müsste nur jemand vom Bahnhof abholen.“ Da klinkte sich Steffi gleich ein und meinte: „Das mache ich!“ Marika sagte: „Ich komme natürlich auch mit! Wenn du uns die Uhrzeit nennst, wann du ankommen wirst, dann werden wir da sein. Wir werden auf dich warten.“ „O. k., so machen wir es.“ Marika beteuerte, dass es ihr wahnsinnig leidtat, was passierte. Kelly nahm ihr aber gleich den Wind aus den Segeln: „Du kannst doch nichts dafür, mein Kind! Es war ein Unfall, aber wir reden morgen in alle Ruhe über alles.“ Kelly merkte nämlich selber, dass sie gerade nicht mehr stark war, auch innerlich zerbrach und selber nur noch weinen wollte. Dies tat sie dann auch. Marika und Kelly weinten beide, und weil es so emotional war, weinte Steffi auch noch mit. Es war ein sehr trauriger Moment für alle. Kelly beherrschte sich, fing sich als Erste wieder und verabschiedete sich: „Ich drück euch beide ganz doll, und wir hören und sehen uns morgen!“ Marika und Steffi verabschiedeten sich auch mit den Worten: „Bis morgen, Kelly!“ Gerade als das Telefonat beendet war, rief Otto aus der Klinik an. Als Marika dann ranging, war es sogar Raf. „Hee, ich wollte fragen, ob du heute noch mal reinkommst und mir eventuell ein paar Sachen mitbringen könntest?“ „Raffff!“

„Mit dir habe ich jetzt so gar nicht gerechnet, es tut gut, deine Stimme zu hören“, freute sich Marika. Sie nahm einen Zettel und schrieb Rafs Wünsche auf. Es war mittlerweile schon nachmittags. „Ich bringe dir alles mit, Raf, dann bis gleich.“ Nachdem sie alles zusammengesucht hatte, fuhr Steffi Marika wieder in die Klinik. Sie ließ sie kurz aussteigen und fuhr dann weiter zu einer Notfallsprechstunde. Steffi hatte vor, sich für die kommende Woche krankschreiben zu lassen, um für Marika da zu sein. Sie wollte Unterstützung anbieten, bei dem, was jetzt alles auf sie zukommen würde. Marika war darüber sehr froh und freute sich, dass sie jemanden Wichtiges wie ihre Steffi an ihrer Seite hatte, die in solch einer Situation den Durchblick behielt. Marika war es auf dem Weg zur Station etwas mulmig, sie wusste ja nicht, ob Raf schon irgendwelche Erinnerungen an gestern hatte. Sie öffnete die Tür, und Raf saß sogar. Sie empfing ihn mit einem: „Na, alles klar?“ Raf öffnete seine Arme, und sie drückten sich sehr innig. Dabei stöhnte er kurz mit einem „Ahhh“ vorsichtig auf. „Das tut echt ganz schön weh.“ Marika entschuldigte sich gleich: „Oh, sorry, Raf, ich wollte dir nicht wehtun! Setz dich doch, und zieh dich aus!“ Marika grinste ihn an und sagte: „Ja, das würde dir jetzt gefallen, wenn ich hier blankziehen würde!“ Sie lachte. Raf gefiel Marikas Humor und antwortete: „Na ja, bei der Frau! Wer würde dich nicht gerne nackt sehen wollen!“ Die beiden waren immer so süß zusammen, wie Turteltauben. Marika zog aber nur ihre Jacke aus, und fragte: „Darf ich in dein Bett?“ Raf lachte erneut: „Also doch! Natürlich darfst du in mein Bett, Sweety! Leider sitze ich gerade hier im Stuhl, und es ist nicht einfach, die Position zu wechseln, sonst würde ich dir folgen!“ „Mannnnn, jetzt hör auf“, sagte sie zu ihm. „Ich finde die Situation nicht lustig.“ Sie setzte sich. „Jetzt erzähl du mal“, fuhr sie fort: „Wie geht’s dir denn? Was sagen die Blutwerte, und weißt du schon, wie es weitergehen wird?“ „Boah“, sagte Raf, „das sind ja Fragen über Fragen, aber ich werde dir natürlich eine nach der anderen beantworten, mein Hase." Raf fing an: „Mir geht es echt so weit gut, nur diese Rippen machen mich noch etwas mürbe, da kommt immer wieder eine Schmerzattacke, sodass ich dann wirklich Schmerzmittel brauche. Die Blutwerte sind alle unauffällig und die ganzen Untersuchungen auch. Wie es weitergehen wird, das weiß ich noch nicht. Otto meinte heute früh noch, bevor er gegangen ist, dass er morgen wiederkäme und auch denke, wenn die Nacht gut würde, dass ich dann auf die Normalstation verlegt werden könne." „Das sind ja super Nachrichten", antwortete Marika; sie stand kurz auf und küsste ihren Raf. „Da bin ich echt froh. Ach Raf, ich wollte auch noch mit dir reden, wenn du jetzt Zeit hättest", grinste sie ihn an! „Mmmmmm, ich überlege mal, was heute noch so ansteht, ob ich eventuell ein kleines Zeitfenster für dich finde", schmunzelte er zurück. Wiederum war er echt neugierig, was Marika ihm zu berichten hatte, und konnte es kaum erwarten. „Ahhhh, ich glaube, ein paar Minuten gehen schon", antwortete er. Marika sprach: „Mir ist klar geworden, dass das Leben was Besonderes ist, und es ist zu kurz für irgendwann. Es ist an der Zeit, dass ich was Neues beginnen möchte und auf den Zauber des Anfangs vertrauen werde. Die Vergangenheit demotivierte mich oft, aber meine Erwartungen inspirierten mich und führten mich zu einem neuen Ziel." Raf schaute etwas verwundert und konnte nicht ganz folgen, was ihm Marika damit sagen wollte. Als sie dies merkte, nahm sie seine Hand und sagte: „Ach Mann, was ich damit sagen will, ich bin angekommen! Raf, du bist mein Ziel. Du bereicherst mein Leben so mit Liebe, gibst mir den Sinn und die Energie, jetzt und hier Neues zu starten! Raf, ich will das mit dir, ich will dich, ich will mit dir zusammen sein, ich will mit dir alt werden, ich liebe dich, und du bedeutest mir mehr, als ich dir bisher gesagt und gezeigt habe." Sie blickte ihm tief in seine Augen und sagte noch einmal: „Raf, ich liebe dich, und ich möchte das mit uns, ich möchte es von ganzem Herzen!" Raf verschlug es komplett die Sprache, und er war überwältigt von Marikas Liebeserklärung. Für ihn war es das Schönste, so was aus ihrem Mund zuhören, denn er liebte sie abgöttisch, und er kämpfte schon ewig um ihr Herz. Raf nahm seine Hand, strich ihr übers Gesicht und sagte: „Du machst mich gerade zum glücklichsten Menschen auf dieser Welt!“ Er ließ seinen Zeigefinger über ihre prallen Lippen gleiten, und sie erwiderte es mit einem Kuss. Es war eine sehr beherzte Situation. Raf sagte: „Baby, küss mich, bitte!“ Sie stand auf und tat es. Dieser Kuss war für beide was ganz Besonderes, weil jetzt alles eine andere Bedeutung hatte. Somit begann der Lauf der neu aufgeblühten Liebe zwischen ihnen. Marika blieb noch ein paar Stunden und genoss die Zeit, einfach bei ihm sein zu dürfen. Marika gähnte, man merkte ihr an, dass die letzten vierundzwanzig Stunden nicht spurlos an ihr vorbeigegangen waren. Raf sah auch, dass sie sehr fertig war. Er fragte sie besorgt: „Süße, ist alles in Ordnung? Du siehst echt abgeschlagen aus!“ Marika dachte sich, wenn er nur schon wüßte, was noch passiert ist, aber sie musste innehalten und antwortete: „Na ja, du hattest einen schweren Unfall, und ich hätte dich verlieren können, das steckt man nicht einfach so leicht weg! Aber ich lebe, ich bin da, ich sterbe nicht so schnell. Mach dir nicht solche Gedanken.“ Dies löste bei Marika wieder einmal Tränen aus. „Ach Baby, alles wird gut!“ Marika hatte so einen innerlichen Drang, es auszusprechen, aber sie wusste, es wäre nicht gut! Sie wischte sich die Tränen weg und nickte mehrfach. Dann beschloss sie auch zu gehen, weil es echt eine schwierige Situation für sie war, und sie wollte keinen Schaden anrichten. Sie rief Steffi an, dass sie kommen könne zum Abholen. Dann gab sie Raf einen beherzten Kuss auf seine Stirn und verabschiedete sich mit den Worten: „Schlaf gut, wir sehen uns morgen wieder!“ „Du auch, Sweety. Ich denke an dich, die ganze Zeit! Stopp!“, rief er ihr noch hinterher: „Schenk mir ein Lächeln, ich möchte dich nicht so verheult in Erinnerung haben!“ Marika fiel es schwer, jetzt gerade in dem Moment zu lächeln, aber sie gab ihr Bestes und bekam ein leichtes Schmunzeln hin. Raf war zufrieden, bedankte sich noch einmal für die atemberaubenden Worte und warf ihr einen Handkuss zu. Sie fing ihn bildlich auf und schloss dann die Türe. Auf dem Weg zum Auto kämpfte sie mit den Tränen, aber sie schaffte es bis ins Auto, und dann zerbrach sie daran. Steffi wusste zuerst nicht, was sie machen sollte, weil sie nicht wusste, was geschah. Sie fragte beängstigt: „Süße, ist was mit Raf? Was ist los?" Marika schluchzte: „Ja! Er weiß nichts von Robert, und wenn er es erfahren wird, dann wird er sich die Schuld geben, nachdem du mir alles erzählt hast, wie und warum Robert mit dabei war! Das wird ihn sein ganzes Leben begleiten! Das ist Horror." Sie weinte bitterliche Tränen. Steffi konnte nichts für sie tun, außer sie in den Arm zu nehmen. Diese ganze Scheißsituation konnte keiner und niemand mit Worten oder anderem beschönigen. Leider! Sie fuhren dann nach Hause und hofften alle auf eine bessere Nacht. Es waren alle am Ende und brauchten mal eine Mütze Schlaf. Doch keiner wusste, dass auch in dieser Nacht Unglaubliches geschehen würde. Etwas, womit keiner rechnete. Marika und Steffi gingen dann zur späteren Stunde ins Bett, und beide waren so erschöpft, dass sie schnell einschliefen. Auch Raf war sehr erschöpft und schloss bald seine Augen. Er schlief sehr tief. Er war ja noch mit dem Monitor verkabelt, und an seinen Werten konnte man die Tiefe des Schlafes erahnen. Er fuhr komplett runter. Er war und wirkte tiefenentspannt. Dann kam er in die REM-Phase und träumte. Er saß mit Robert in einem Flieger, und er war so happy, weil er gleich seine Marika überraschen wollte. Es gab einen großen Knall, er wurde dadurch sehr nervös. Sein Herz fing an schneller zu schlagen, was sich auch in Wahrheit am Monitor bemerkbar machte. Es gab einen Alarm, dadurch wurde er aus dem Traum geholt. Er war schweißgebadet und hatte starke Kopfschmerzen. Die Nachtschwester holte gleich einen Arzt, weil sie diese Situation und Rafs Anblick etwas beunruhigten. Der Arzt merkte, dass Raf noch nicht so richtig wach war, er starrte ins Leere. Doch dann kam er richtig zu sich. Er stotterte vor sich hin: „Ich kann mich wieder erinnern, ich war mit Robert in einem Flugzeug, wir wollten Marika überraschen, und dann waren da diese Kraniche, der eine flog uns genau rein … dann schalteten sich die Motoren ab, und wir stürzten ab. Robert entschuldigte sich noch bei mir und sagte, ich solle mich gut festhalten und er könne mir nichts versprechen. Oh Gott!“ Raf durchlebte es wie noch einmal. Dann stellte er die Frage, worauf schon alle warteten: „Wie geht es Robert, wo ist er? Geht es ihm wohl besser, weil er nicht mit hier ist, auf Intensiv?“ Der zuständige Arzt ignorierte seine Frage und veranlasste bei der Schwester ein Schmerz- und Beruhigungsmittel, was er dann auch gleich verabreichte. Er sprach zu Raf: „Beruhige dich, es ist alles gut, du darfst dich jetzt nicht aufregen!“ Das Beruhigungsmittel wirkte schnell, Raf wollte gerade erneut dieselbe Frage stellen, aber er kam nicht dazu, sondern dämmerte weg. Seine Werte stabilisierten sich auch wieder. Der Rest der Nacht verlief dann gut. Am frühen Morgen kontaktierte der Arzt Marika. Er schilderte ihr von der Nacht und bat sie dann in die Klinik zu kommen. Als sie eintraf, war Otto auch schon da. Raf schlief noch. Otto besprach die Vorgehensweise. „Ich habe noch einen Psychologen organisiert, dann werden wir die kommende Situation besser bewältigen.“ Marikas Sorge war, dass sich Raf große Schuldgefühle zuspräche, aber der Psychologe unterbrach gleich: „Es ist niemand schuld, es war ein tragischer Unfall, und so müssen wir es auch Raf zum Verstehen bringen. Marika, Sie gehen jetzt zu ihm und warten, bis er aufwacht, dann kommen wir zwei gleich dazu.“ Gesagt, getan. Es dauerte noch eine ganze Weile, dann sah Marika, dass Raf so langsam wach wurde. Sie klingelte gleich, und sofort standen beide Ärzte bereit. Sie nahmen sich alle einen Stuhl und ließen es auf sich zukommen. Raf öffnete die Augen und sah seine Marika. Er sprach: „Es tut mir unglaublich leid, was da passiert ist! Ich hätte nie gewollt, dass es so endet, das musst du mir glauben. Wenn ich könnte, würde ich gerne die Zeit zurückdrehen und es ungeschehen machen.“ Rafs Worte lösten bei Marika wieder Tränen aus. Er legte seine Hand zu ihr rüber, um sie zu trösten, aber sie konnte es in dem Moment nicht erwidern. Der Psychologe klinkte sich ein und machte Raf noch einmal bewusst, dass er sich nicht dafür die Schuld geben solle. Es war einfach ein sehr tragischer Unfall. Raf nahm seine Hände vors Gesicht und fing an zu weinen. Marika konnte dies nicht ertragen, nahm ihn in den Arm und weinte mit ihm. Der Psychologe fügte hinzu, dass sie beide ruhig trauern und auch über ihre Gefühle sprechen sollten. „Ihr könnt jederzeit zu mir kommen, um diesen Weg gemeinsam zu gehen. Ich biete euch auch an, nochmal mit dem Bestatter Kontakt aufzunehmen, falls ihr Robert noch einmal sehen möchtet. Es tut sicher noch eine ganze Weile weh, bis es besser, oder erträglicher wird, aber ihr schafft das zusammen." Otto sagte zu Raf: „Aus medizinischer Sicht kann ich nur sagen, dass du echt Glück und einen großen Schutzengel hattest. Ich wünsche euch für euren weiteren Weg nur das Beste, und ich hoffe, ihr wisst, was ihr aneinander habt. Ihr solltet jeden Tag zusammen genießen und dankbar dafür sein." Marika bestätigte seine Worte und schaute Raf tief in die Augen: „Ich bin so dankbar, dass ich dich habe, Raf. Ich liebe dich über alles und freue mich auf eine gemeinsame Zukunft mit dir. Lass uns wirklich nach vorne schauen. Papa hätte es auch so gewollt."

<< *Kapitel 16* >>

Am Nachmittag traf dann Kelly ein. Marika und Steffi warteten am Bahngleis auf sie. Die Stimmung war sehr gedrückt. Dann kam er. Der Zug rollte ein. Die Türen öffneten sich, und Kelly stieg aus. Sie hatte schon Tränen in den Augen und nahm Marika sofort in die Arme. Auch Marika fing wieder mit Weinen an. Sie umarmten sich sehr lange. Marika schluchzte: „Er fehlt mir so, und ich möchte es nicht wahrhaben!" Kelly sagte genau das Gleiche. „Ich kann es auch noch nicht fassen, dass er nie wieder kommen wird!" Steffi stand still daneben und gab beiden diesen Moment der Stille, es war ein schrecklicher. Wirklich keiner rechnete damit, sich auf solcher Art und Weise so schnell wiederzusehen. Kelly streichelte Marika über ihr Gesicht und sagte: „Komm, mein Kind, wir wischen uns jetzt die Tränen weg und sind dankbar, dass Raf es wenigstens überlebt hat!" Marika war beeindruckt von Kellys Sichtweise und Einstellung. Sie war eine sehr starke, emphatische, tolle Frau. Sie sah wie Robert immer das Positive und strahlte es auch aus und lebte danach. Kelly hatte daheim getrauert und unendliche Tränen vergossen, jetzt wollte sie für Marika da sein, sie stützen und mit ihr zusammen alles organisieren und die weiteren Wege gehen. Kelly begrüßte dann auch Steffi mit einem: „Hallo Steffi, ich danke dir jetzt schon einmal, dass du für Marika da warst! Ich bin wirklich froh, dass sie nicht alleine war." Steffi drückte sie auch und beteuerte ihr, das ist doch selbstverständlich, als beste Freundin. Steffi und Marika halfen dann, Kellys Sachen mit ins Auto zu laden, und dann fuhren sie zu Marika. Dort angekommen, machten sich alle erst einmal einen Kaffee und setzten sich gemeinsam an den Tisch, um Weiteres zu besprechen. Kelly hatte die ganzen Unterlagen für Robert dabei, unter anderem auch sein Testament. Sie schob es zu Marika rüber und meinte: „Das solltest du lesen." Marika erbte eine große Summe an Geld, womit sie im Augenblick aber nichts anfangen konnte. Ihre Reaktion war: „Dieses blöde Geld macht Papa auch nicht mehr lebendig!" Freuen konnte sie sich darüber nicht. Kelly gab ihr den Rat: „Irgendwann, Marika, wirst du es brauchen und nutzen und auch dankbar für dieses Erbe sein, selbst wenn es jetzt noch keine Verwendung dafür gibt. Nimmst du es trotzdem an?" „Ja, wenn du das sagst, dann nehme ich es an." Kelly erbte die gemeinsame Wohnung, sein Auto und bekam auch einen guten Anteil an Geld. Einen Teil des Geldes nahm Kelly für Roberts Beisetzung, die so schön wie möglich werden sollte. Robert hatte auch mal erwähnt, dass er dann auch verbrannt werden möchte, und alles weitere sollte Marika entscheiden. Kelly wusste von Erzählungen, dass Robert auch keine große Sache daraus machen und es dementsprechend in einem kleinen Kreis haben wollte. Marika hatte auch schon eine Idee. Sie sagte: „Papa war der wichtigste Mensch in meinem Leben, ich habe ihm so viel zu verdanken, und deshalb möchte ich auch was ganz Besonderes für seinen letzten Weg!" Kelly war sehr gespannt, was sich Marika dachte, und hörte sich ihr Vorhaben an. Sie war sehr beeindruckt über ihre Gedanken und sagte: „Das ist wirklich sehr schön, und so machen wir es auch. Roberts letzter Weg zur Ruhe würde ihm auch sehr gefallen." Steffi nickte und bejahte es. Kelly wurde auf einmal ganz ruhig. Marika merkte ihr an, dass sie irgendetwas bedrückte. „Kelly, was ist mit dir? Ich merke, irgendetwas belastet dich." Kelly meinte: „Ich habe dir auch noch nicht alles gesagt. Ich habe darüber nachgedacht und bin zu dem Entschluss gekommen, dass ich hier meine Zelte abreißen und zurück nach L. A. gehen werde. Mich hält hier nichts mehr, und meine Familie und Freunde sind alle in den USA." Marika reagierte ganz cool: „Kelly, ich verstehe dich total, und ich würde es genauso machen wie du. Ich werde dich aber echt total vermissen." Kelly nahm Marikas Hand und sagte: „Meine Türen stehen für dich bzw. für euch immer offen, und ihr seid jederzeit herzlich willkommen. Das gilt auch für dich, Steffi, wenn du mal in die USA kommst, dann kannst du jederzeit vorbeikommen oder mich besuchen!" Marika fragte: „Wann hast du denn vor, zu gehen, Kelly?" „Ich habe mir schon alles so zurechtgelegt, und ich werde direkt nach Roberts Beisetzung fliegen." Marika schaute sehr traurig: „So schnell willst du dann doch weg? Das finde ich sehr schade." Steffi wollte die Stimmung etwas ablenken und fing an: „Habt ihr schon einen Pfarrer oder eine Vorstellung, wer es machen sollte?" Marika und Kelly schauten im Internet nach und machten sich schlau, wer dafür infrage kommen würde. Nach einer Weile hatten sie etwas gefunden, sie wollten keinen Pfarrer. Es gab ein Bestattungsinstitut, das komplett alles übernahm, von der Organisation, einer Grabrede und besonders die Umsetzung, von Marikas Vorhaben. Kelly und Marika haben sich auch dagegen entschieden, Robert noch einmal zusehen. Sie wollten ihn so in Erinnerung behalten, wie ihn jeder zuletzt gesehen hatte. Kelly kontaktierte es gleich und besprach alles. Sie verblieben so, dass sie noch weitere Telefonate führen würden, um alle Details zu besprechen. Marika hatte ein Datum mit dem Institut ausgemacht, um sich einmal zu treffen und die richtigen Sachen für Robert auszusuchen. Es musste einiges organisiert werden. Nachdem alles so weit erst mal geklärt war, erkundigte sich Kelly nach Raf. „Wie geht es ihm, und wollen wir mal zu ihm?" Marika antwortete: „Ja dann lass uns zu ihm fahren, und dann kannst du selber mit ihm sprechen." Steffi sagte gleich: „Dann geht ihr ruhig, ich bleibe hier!" Kelly und Marika machten sich auf den Weg. Im Auto erzählte Marika, dass sich Raf ganz schöne Vorwürfe mache und dass er sich die Schuld für alles gebe! Kelly gab auch gleich zu verstehen: „Das braucht er nicht, es war ein tragischer Unfall, und keiner kann was dafür! Ich hoffe, ich kann Raf davon überzeugen. Das muss wirklich schlimm für ihn sein." Marika ergänzte: „Wie für uns, Papa wird nie wiederkommen, aber er ist für immer in unseren Herzen!“ Kelly legte ihre Hand auf Marikas Bein und meinte: „Da hast du recht, er wird nie in Vergessenheit geraten!“ Dann standen sie an Rafs Zimmertür und atmeten noch einmal tief durch, bevor sie die Tür öffneten. Marika bat Kelly noch einen Augenblick zu warten, sie wollte noch mal alleine mit Raf sprechen und ihn darauf vorbereiten. Raf freute sich, als er Marika sah, und begrüßte sie mit einem: „Na, meine Hübsche, schön dich zusehen!“ Er hielt die Arme auf, drückte sie und gab ihr einen Kuss. Marika fragte gleich: „Wie geht's dir? Fühlst du dich schon besser?“ Sie sah auch, dass einige Schläuche weg waren, und freute sich darüber. Oh, Gott sei Dank, es ging aufwärts. „Draußen vor der Türe wartet noch jemand, sie möchte dich auch gerne sehen.“ Raf wusste nicht, wer es sein könnte, und fragte verwundert: „So, wer will mich denn hier besuchen?“ Marika antwortete: „Es ist Kelly, sie möchte mit dir sprechen.“ Raf wurde leicht panisch und wusste nicht so recht, was er antworten sollte. Marika fuhr fort: „Ich weiß, es ist nicht leicht, ihr gegenüberzutreten, aber sie weiß alles, und sie sagt auch, es war ein tragischer Unfall und du kannst wirklich nichts dafür. Sie macht keinem einen Vorwurf, und sie möchte einfach nur wissen, wie es dir geht, und dich sehen.“ „Also gut, dann lass sie doch herein“, sagte Raf. Gesagt, getan. Marika holte Kelly rein. Sie verhielt sich ganz normal, Raf hatte derzeit schon Tränen in den Augen. Marika konnte sich auch nicht zurückhalten. Sie setzte sich zu ihm aufs Bett. Kelly nahm sich einen Stuhl und setzte sich ebenfalls. Sie legte ihre Hand auf Rafs Decke und meinte: „Schade, dass wir uns auf diesem Weg kennenlernen, ich hätte mir gerne einen anderen gewünscht, aber so ist das Leben, es kommt immer anders, als man denkt! Es ist o. k., wir müssen nicht darüber sprechen, ich bitte dich nur, mach dir wirklich keine Vorwürfe, es war ein Unfall, und keiner kann etwas dafür.“ Raf antwortete: „Es tut mir trotzdem unendlich leid, was da passiert ist. Diese blöden Vögel ...“, und mehr konnte er nicht dazu sagen. Die Stimmung war sehr getrübt, dennoch konnten sie sich etwas unterhalten. Marika erzählte von dem Vorhaben der Beisetzung und wie alles ablaufen sollte. Raf fand die Idee auch toll, soweit man so etwas toll finden konnte. Nach einer Weile beschloss Kelly mit dem Taxi wieder zu Marika zu fahren, sie meinte: „Ich werde jetzt mal gehen und zu Steffi fahren, dass sie auch nicht so lange alleine ist. Bleib du ruhig noch hier, Marika." Kelly verabschiedete sich von Raf und meinte: „Wir sehen uns spätestens auf der Beerdigung, ich wünsche dir noch eine gute Besserung!" Raf bedankte sich, und sie ging. Marika kuschelte sich in Rafs Arm und machte es sich gemütlich. Raf war erstaunt über Kelly und sprach zu Marika: „Kelly ist eine tolle Frau, ich bin begeistert, wie sie das so macht, wie sie damit umgeht und wie sie zu mir war. Ich habe ihren Mann getötet!" „Mann, Raf, jetzt hör auf so etwas zu sagen! Es kann keiner was dafür, und du hast ihn auch nicht umgebracht." Marika konnte es nicht mit ansehen, wie er über dieses Geschehen sprach und sich auch fühlte. Sie kuschelte sich noch enger an ihn und fing an ihn zu küssen. Es war eine komische Situation, aber das Küssen und die körperliche Nähe machten es erträglicher. Plötzlich seufzte Marika. Raf fragte: „Was ist los, Sweety?" „Ach, Kelly hat mir vorhin erzählt, dass sie nach Roberts Beerdigung hier alles abbricht und zurück nach L. A. geht, das finde ich echt schade." Raf meinte: „Das würde ich auch machen. L.A. ist bestimmt voll schön, und wenn sie da ihre Familie und Freunde hat, warum denn nicht?" Marika sagte so aus dem Nichts: „Wenn ich könnte, würde ich dich mitnehmen und einfach mitfliegen!" Es war kurz Ruhe, dann sagte Raf: „Warum denn nicht, dann machen wir das!" Marika setzte sich auf und war erstaunt. „Ist das dein Ernst? Wir wollen mitgehen? Wie soll das denn funktionieren? Du arbeitest, ich fange demnächst neu an!" Raf sagte: „Ich kann mir unbezahlten Urlaub nehmen, und bei dir ist es doch egal, dann sagst du die Stelle wieder ab!" „Und was ist mit dem Finanziellen?", fuhr Marika fort. „Das Geld regnet ja nicht vom Himmel." In dem Moment kam ihr ein Geistesblitz: „Aber ich habe von Papa das Erbe. Das wäre eine gute Verwendung dafür." Marika freute sich und sagte: „Noch vor ein paar Stunden sagte Kelly, ich werde dafür noch das Richtige finden, um es zu nutzen, und ich wollte es nicht glauben und auch erst gar nicht annehmen, und jetzt ist es tatsächlich so. Raf, du würdest echt mitgehen?" „Sweety, für dich würde ich überall hingehen; jetzt wo ich dich endlich habe, lasse ich dich nicht mehr los! Natürlich komme ich mit, und ich denke, das mit dem unbezahlten Urlaub nehmen ist kein Problem. Wir kriegen das hin, und ich werde auch alles dafür tun." Marika legte sich wieder in Rafs Arme. Sie schwelgte in der Zukunft und plante im Kopf alles, was sie noch so zu erledigen hatte. Raf: „Es ist aber dann schon bald, dass wir gehen." Er meinte: „Ja, wir machen das genauso, wir müssen ja nicht für immer bleiben, wir nehmen uns beide eine längere Auszeit und genießen die Zeit zusammen und sehen, was kommt. Ich glaube, dass tut uns allen sehr gut. Das wird toll, und Kelly wird sich auch darüber freuen! So können wir noch einige Zeit bei ihr sein und auch sie unterstützen und ihr Kraft geben." Raf war begeistert von der Idee und konnte Marika auch davon klar und deutlich überzeugen. Marika fühlte sich gerade echt gut, sie lag in den Armen des Mannes, den sie über alles liebte. In den Armen, wo sie sich sicher und geborgen fühlte. Sie hatte eine echt tolle Verwendung für Roberts Erbe gefunden, und sie hatten sich gerade spontan beschlossen, sich eine Auszeit zu nehmen und mit nach L. A. zu gehen. Trotz Roberts kommender Beisetzung hatte sie ein gutes Gefühl, was die Zukunft betraf, und hielt es für richtig, diesen Schritt gemeinsam mit Raf zu gehen. Sie freuten sich und genossen den Moment der Stille, die ganzen Gedanken und Vorhaben, die sie umsetzen wollten. Raf war innerlich auch erleichterter, da er wusste, dieser Weg war der richtige, besonders für seine Marika.

<< *Kapitel 17* >>

Es vergingen noch mal ein paar Tage. Es tat sich auch einiges. Raf war mittlerweile auf Normalstation, und es ging ihm schon viel besser. Kelly fuhr zurück, um alles für ihre große Rückreise nach L. A. zu organisieren. Sie übergab Robert und ihre Wohnung an einen Makler zum Verkaufen, weil die Zeit einfach zu kurz war, es selber zu machen. Dann hatte sie Roberts Auto verkauft und alle persönlichen Sachen aus der Wohnung schon eingepackt. Sie erledigte die ganzen Anrufe. Sie sprach mit Freunden und Bekannten von Robert und berichtete über diese schlimme Tragödie. Sie verband auch gleich die ganzen Anrufe damit, sich zu verabschieden, da Kelly sich nur ein One-Way-Ticket buchte. Sie wollte komplett ihre Zelte hier alle abbrechen. Es war alles nicht einfach. Mitunter blieb sie mit Marika in ständigem Telefonkontakt, da sie alles für die Beerdigung ihres Papas organisierte. Marika war es sehr wichtig, sich mit Kelly immer vorher abzusprechen und sich einig zu sein, da Robert für Kelly genauso wichtig war wie für sie. Auch Marika und Raf hatten eine große Entscheidung getroffen. Sie wollten mit Kelly nach L. A. gehen, erst mal für ein Jahr. Marika wollte weg, hier erinnerte sie sich zu doll an alles. Sie brauchte jetzt eine Auszeit und war voller Freude, dass sie Raf begleitete. Kelly freute sich sehr darüber und versprach, dass sie den beiden alles zeigen und die ganzen Freunde bzw. ihre Familie vorstellen würde. Marika und Raf dürften auch das Jahr bei ihr wohnen. Das machte vieles einfacher und auch schöner, zu wissen, man hatte sich und war füreinander da. Für Steffi war es schlimm, weil sie wusste, ihre Marika wäre bald für ein Jahr weg, aber sie verstand ihr Handeln und unterstützte sie in ihren Vorbereitungen. Marika kümmerte sich darum, dass Raf in dem Jahr, das sie mit nach L. A. gehen würden, seinen unbezahlten Urlaub genehmigt bekäme. Sie selber sagte ihre Stelle auf der Orthopädie komplett ab und ließ sich ihr Ziel offen. Durch Roberts großes Erbe brauchte sie sich auch keine Sorgen ums Finanzielle machen. Sie konnte ohne Bedenken mal ein Jahr gar nichts tun bzw. nicht arbeiten gehen. Das war eine große Erleichterung für sie. Auch Raf bot ihr an, sie mit finanziell zu unterstützen, aber so was hatte sie ja eh noch nie gewollt. Sie war schon immer unabhängig gewesen, und damit konnte sie es auch bleiben. Es kam alles so, wie es sollte. Es lief alles gut. Der besagte Tag der Abreise näherte sich. Kelly war mittlerweile zurück und hatte alle Sachen dabei, die sie mitnehmen wollte. Marika hatte auch so weit alles fertig, es fehlten nur noch ein paar Kleinigkeiten. Sie holte Raf aus dem Krankenhaus ab. Er war noch recht schwach, aber es war so weit alles o. k., und er durfte entlassen werden. Er konnte nun auch gut mit der Gesamtsituation umgehen und wusste, es war wirklich nicht seine Schuld, sondern einfach ein sehr tragisches Unglück gewesen, und er war dankbar, es überlebt zu haben und jetzt endlich mit Marika zusammen zu sein. Als sie in sein Zimmer kam, lag er noch im Bett. Er freute sich sie wiederzusehen. Er meinte: „Es dauert noch kurz, wir müssen noch warten, bis die Blutwerte da sind, und dann bekomme ich den Arztbrief erst." „Kein Thema, ich warte gerne mit dir." Sie legte sich zu ihm ins Bett und kuschelte sich an ihn. Er drehte sich zu ihr und fing an sie zu küssen. Ihre Küsse waren ja immer sehr intensiv und auch dieses Mal wieder. Raf wurde richtig gierig nach ihr und fing an sie zu bekrabbeln. Er ging ihr unter den Pullover an ihre Brüste und knetete sie durch. Marika fand das toll. Für sie war das die perfekte Ablenkung. Sie ließ sich auch nicht stören und konnte sich richtig gut darauf einlassen. Ihre Küsse wurden sehr intensiv, auch Marika ging Raf an die Wäsche, und als sie in seine

Hose fasste, merkte sie seine pure Erregung. Das machte sie auch rattenscharf, und sie wollte mehr. Da Raf durch seine Rippen noch eingeschränkt war, flüsterte sie ihm ins Ohr: „Du hältst hier die Stellung, und ich werde mal kurz abtauchen!“ Raf war etwas nervös, was wäre, wenn jemand reinkäme? Marika schmunzelte ihn kurz an und wiederholte sich: „Ich sag ja, du hältst die Stellung!“ Und sie zwinkerte ihn frech an. In dem Moment tauchte sie schon ab. Sie knöpfte seine Hose komplett auf und holte seinen harten Ständer raus. Sie nahm ihn erst in ihre Hand und rieb ihn hin und her. Raf fing an es zu genießen, er stöhnte vor sich hin. „Oooooooo jaaaaaa, Baby, ooooooooo, mmmmmmmm.“ Marika machte weiter, sie kroch noch ein Stück tiefer runter. Sie massierte genüsslich seine Eier und nahm dann den hart erregten Schwanz in ihren Mund. Dort sammelte sich gerade so viel Speichel, dass es richtig gut nass war. Sie umschloss Rafs Schwanz mit ihren tollen Lippen und bewegte ihren Kopf dabei auf und ab. Raf stöhnte immer mehr. „Oooooooooooo, ich würde dich jetzt so gerne ficken, Baby du machst mich so heiß. Ich komme gleich. Oooooooooo, mmmmmmmm.“ Marika gefiel es genauso gut wie ihm. Sie hörte nicht auf und bewegte sich immer schneller, zwischendurch nahm sie auch ihre Hand und rieb sie an seinem Schwanz, im Rhythmus hoch und runter. Er stand wie eine Eins. Marika nahm ihn noch einmal in ihren Mund und gab noch mal alles. Sie leckte mit ihrer Zunge an seiner Eichel und lutschte ihn wie einen Lolli. Nachdem sie die ersten Lusttropfen geschmeckt hatte, wusste sie, es ist nicht mehr weit bis zum Finale. Sie graulte nebenher seine Eier mit etwas härterem Druck und bewegte sich schnell auf und ab. Dann geschah es, Raf stöhnte laut auf, mit den Worten: „Baby, ich komme, ich komme.“ Marika spürte im Mund seinen Samenerguss, es wurde richtig warm und glibberig. Sie schluckte es aber nicht runter. Marika war sich nicht sicher, ob die ganzen Schmerzmittel eventuell im Sperma übergehen könnten. Sie stand auf, um ins Bad zu gehen, dort spuckte sie es dann ins Waschbecken und spülte es herunter. Raf zog in der Zeit seine Hose wieder hoch, und in dem Augenblick ging auch die Zimmertür auf, und eine Schwester kam hinein. Marika hörte es ebenfalls, sie benutzte einfach die Klospülung und wusch sich danach die Hände, dass es den Anschein machte, sie wäre auf dem Klo gewesen. Sie schmunzelte noch zufrieden in den Spiegel und ging dann ins Zimmer zurück. „Marika, schau: Die Blutwerte sind alle o. k., und wir dürfen jetzt gehen." „Das ist ja prima", antwortete sie. Marika und Raf zogen ihre Jacken an, sie nahm seine Tasche, und dann verließen sie das Zimmer und Krankenhaus. Auf dem Weg zum Auto scherzte Raf: „Das war ja jetzt der krönende Abschluss!", und lachte! Er nahm Marika an die Hand und flüsterte ihr ein „Baby, du hast es echt drauf!" ins Ohr. Marika blickte ihm in die Augen und meinte frech: „Ich weiß!" Sie stiegen dann ins Auto, und sie fuhren zu Marika. Dort empfingen ihn dann Kelly und Steffi. Beide freuten sich über seine Ankunft. Alle vier verbrachten den letzten Abend. Sie erzählten, aßen was und packten die Sachen fertig für die morgige Abreise nach Los Angeles. Am nächsten Morgen gingen alle zu dem Feld, wo der Unfall geschehen war. Es war bewölkt, und es regnete leicht. Es hatten alle Schirme dabei, aber sie waren bunt, genauso, wie es Robert gewollt hätte. Auch ihre Kleidung war nicht typisch schwarz wie bei jeder Beerdigung. Sie waren alle ganz normal angezogen. Die Stimmung war eh sehr gedrückt, da heute auch noch die Abreise von Marika, Raf und Kelly anstand. In Marika kam alles wieder hoch. Ihr lief ein kalter Schauer über ihren Rücken, und sie bekam sofort Bilder in den Kopf. Es waren schreckliche Bilder. Genau deswegen hatten sich Marika und Kelly für diesen Ort entschieden, da sie diese grausamen Bilder mit, na ja, wie soll man sagen ... bessere Bilder sind es auch nicht, aber sie wollte einfach eine nicht ganz so schlimme Erinnerung an diesen Ort haben. Sie griff nach Rafs Hand. Sie schnaufte tief und wiederholte dies ständig. Man merkte, dass dieser Weg für keinen ein leichter war, aber es behielten alle die Fassung. Keiner sprach irgendetwas, es schwiegen alle. Als sie am Feld ankamen, war schon der Bestatter da. Er hatte so weit alles vorbereitet für Roberts letzte Reise. Es stand eine größere Rakete dort, die unten mit Roberts

Asche gefüllt war. Ringsherum hatte der Bestatter einen Kreis gezogen und dort eine freie Stelle geharkt, falls etwas größere Funken sprühen sollten. Marika und Kelly hatten schwarze und weiße Rosenblätter dabei, diese streuten sie in den geharkten Kreis. Es ergab ein sehr schönes, sinnliches Bild. Robert hätte sich darüber gefreut. Er wollte nie ein großes Tohuwabohu haben, sondern eine Bestattung im engsten Kreis und so schön wie möglich. Der Bestatter bat nun alle Anwesenden, sich um den Kreis zu stellen. Er selber hielt sich ein Stück im Hintergrund. Marika stand neben Raf, daneben Kelly, dann Steffi. Marika hatte das Bedürfnis, sich an die Hände zu nehmen, um den Kreis noch vollkommener zu machen und jetzt füreinander da zu sein. Es ergab wirklich eine herzliche Situation. Es regnete nur noch ganz leicht, fast kaum spürbar, deshalb brauchten sie auch keine Schirme mehr zu halten. Sie merkte, wie sie ihre Tränen nicht mehr halten konnte, und ließ sie laufen. Auch bei Steffi und Kelly rollten sie los. Raf war sehr gefasst. Der Bestatter fing an und sprach: „Wir nehmen heute und hier schweren Herzens Abschied von einem herzensguten Menschen namens Robert. Er ist bedauerlicherweise letzte Woche unter tragischen Umständen tödlich verunglückt." Marika fing laut an zu weinen, sie schluchzte die ganze Zeit, aber sie hatte starke Personen an ihrer Seite, die mit dem Händedruck Beistand leisteten. Marika starrte nur so auf die Rakete und konnte dem Bestatter nicht mehr folgen, sie war so vertieft. Der Bestatter gestaltete es wirklich schön, er erzählte aus Roberts Leben, wo er geboren war, wie seine Kindheit verlief, dann wie er als Jugendlicher war, gefolgt von der Geburt seiner Marika und wie er seiner Traumfrau Kelly begegnete. Er hatte ein glückliches, erfülltes und sorgenfreies Leben mit einer tollen Karriere als angesehener Pilot. Als Abschluss sprach er: „Nun gebe ich das Wort an Sie, Marika!" Alle schauten verwundert. Marika hatte mit dem Bestatter ausgemacht, dass sie die letzten Worte sagen möchte und somit die Trauerrede beenden wollte. Keiner wusste davon. Sie ließ die Hände von Raf und Steffi los und griff zitternd in ihre Jackentasche. Dort holte sie einen kleinen Zettel raus. Sie war sehr nervös, weil sie wusste, wenn sie fertig war mit der Rede, war es geschehen. Marika schluchzte noch einmal, schnaufte noch einmal tief durch und fing mit den Worten an: „Papa!“ Es war eine kurze Pause, sie konnte nicht mehr, ihr fiel es so schwer, aber sie hatte es sich fest vorgenommen. Also fuhr sie fort. „Papa, du bist der wichtigste Mensch in meinem Leben. Durch dich bin ich heute das, was ich jetzt bin. Du hast mich damals von der Kur abgeholt, und von da an begann mein Leben, sich mit Liebe und Wärme zu füllen. Du warst immer für mich da, hattest ein offenes Ohr oder einen guten Rat. Ich bin und war immer von dir beeindruckt, wie du so durch das Leben gingst. Du warst stets positiv eingestellt und hast gelernt, aus den schlimmsten Situationen das Beste zu machen. Ich habe immer zu dir aufgeschaut und bin stolz, deine Tochter zu sein.“ Es gab wieder eine kurze Pause. Bei allen liefen die Tränen noch so doll. Selbst Raf kullerten jetzt ein paar über die Wangen. Es waren so tolle, herzzerreißende Worte. Marika schnaufte wieder tief und las weiter. „Du zeigtest mir, wie man durchs Leben kommt, und hast mir gelehrt, dass es wichtig ist, unabhängig zu sein. Dass man selber Geld verdienen sollte, um gut leben zu können. Auch bei den Männern, die ich so kennengelernt habe, warst du immer auf meiner Seite, hast mich getröstet, wenn es mal nicht so lief, und hast mir gesagt, ob es der Richtige ist. Wie bei Raf.“ Sie nahm ihn an die Hand und fuhr fort. „Du hast mir von Anfang an gesagt, es sei der Richtige fürs Leben, hast nie gezweifelt und mich versucht davon zu überzeugen. Nun steht er neben mir, und ich weiß, du hattest recht. Er ist der Richtige für mich. Ich würde mir so sehr wünschen, dass du das weißt.“ In dem Moment verschoben sich die Regenwolken, und die Sonne kam raus. Es war so hell, dass sie geblendet wurden. Man spürte richtig die Wärme, wie sie die Gesichter bestrahlte. Kelly unterbrach Marika und meinte: „Ich glaube, dein Papa wollte dir damit zeigen, dass er es vernommen hat!“ Marika weinte fürchterlich. Ihr Zettel zitterte, und durch die Tränen verwischte der Text. Sie fuhr fort. „Papa, nun bist du von uns gegangen. Dieser Schmerz, dich gehen zu lassen, ist unbeschreiblich. Ich fühle eine große Leere. Durch dich lernte ich auch stark zu sein, und das werde ich jetzt versuchen. Ich werde vieles von dir mitnehmen und genauso versuchen zu leben und es an meine Kinder weiterzugeben. Papaaaaaaa, ich werde dich nie vergessen." Marika war wirklich fertig, Kelly kam zu ihr rüber und nahm sie in den Arm. Sie tröstete sie mit den Worten: „Marika, dein Papa wird auch immer in dir weiterleben. Du hast so viel von ihm, und deine Worte waren wirklich rührend schön." Währenddessen hatte der Bestatter eine kleine Musikbox aufgestellt. Er bat alle ein Stück zurückzugehen. Dann stellte er die Musik an. Es kam das Lied „Halleluja". Alle vier stellten sich nebeneinander und hielten sich fest. Es war unfassbar, weil es wieder anfing zu regnen.

Roberts Motto zeigte sich auch hier. Trotz des Regens und der Sonne bildete sich ein wunderschöner großer Regenbogen, mit sehr kräftigen Farben. Marika faltete ihre Hände zu einem Faustballen und legte ihren Kopf dort nieder. In diesem Augenblick lief ihr ein wahrhaftiger kalter Schauer über ihren Rücken, dies war für sie ein Zeichen, dass Robert ganz in der Nähe sei. Eine gewisse Passage im Lied, die über die Stärke der Liebe spielte, brachte sie zum Nachdenken. Ihr wurde bewusst, was sie will, wie die Zukunft aussehen soll und das Raf einfach dazu gehört. Zu ihr gehört! Zu ihr, an ihrer Seite. In dem Moment, als der Refrain oh halleluja spielte, wurde die Rakete gezündet, und sie startete in Richtung Himmel zum Regenbogen. Es war wunderschön und traurig zugleich. Ganz weit oben sah man dann, wie sie verpuffte, und es regnete bunte Asche. Kelly wollte, dass Konfetti mit untergemischt wurde, damit es nicht grau und trist war, sondern schön bunt. Es war eine totenstille, und alle schauten minutenlang in den Himmel. Der Liedtext passte perfekt. Es flossen viele Tränen und dennoch spürten sie die Liebe, die Wärme, das Herzliche und das traute Mitgefühl untereinander. Es kam gerade der Text, der in etwa lautete: „Hand in Hand ist man für immer und ewig vereint und genauso wollte es Marika mit ihrem Raf. Sie nahm seine Hand und ließ ihn nicht mehr los. Marika spürte so intensiv, dass Robert anwesend ist. Ihr Handeln sollte damit zeigen, dass sie füreinander bestimmt waren und Robert einfach nur Recht damit hatte, dass Raf der Richtige für sie ist! Als das Lied endete, sagte Marika noch einmal sehr gefasst: „Papa ich merke, du bist da, du darfst jetzt ruhigen Gewissens gehen und ich glaube fest daran, dass es dir wo du jetzt bist, gut gehen wird. Du wirst immer auf mich schauen und ich werde dich nie vergessen, weil du in mir weiterlebst. „Mach's gut!" Marika weinte bitterliche Tränen, dennoch gab ihr der wunderschöne Gedanke mit Raf das Leben zu verbringen, sämtliche Kraft. Kelly und Steffi hielten inne und waren sehr gerührt von Marika ihren Worten. Der Bestatter gab allen noch ein paar Minuten. Kelly machte den Anfang, sie bedankte sich bei ihm, für diese wirklich herzliche und individuelle Zeremonie. Dann ging sie zu Marika und meinte: „Komm, wir müssen. Unser Flug wartet." Kelly war wieder sehr gefasst, sie wollte jetzt für Marika stark sein, was sie auch gut konnte, aber innerlich zerbrach sie gerade selber an der schrecklichen Situation. Sie gingen alle zum Auto. Marika drehte sich noch ein paar Mal um und weinte bitterlich. Steffi ging es auch so weit gut, sie fuhr alle zum Flughafen und begleitete sie noch bis zum Check-in, und dort war es dann so weit. Es kam der nächste Moment, wieder voneinander Abschied zu nehmen. Dieses Mal war es aber kein Abschied für immer, sondern nur für eine gewisse Zeit. Das machte es etwas leichter für alle. Kelly drückte Steffi zuerst und verabschiedete sich mit den Worten: „Pass auf dich auf, und auf Wiedersehen." Raf war der Nächste, er drückte sie auch und sagte: „Danke für alles, und wir hören uns bestimmt bald wieder." Es war sehr emotional, und als sich dann Steffi und Marika drückten, konnten beide ihre Tränen nicht mehr zurückhalten. Die Umarmung war sehr innig und herzzerreißend. Marika wollte Steffi nicht loslassen, sie flüsterte ihr ins Ohr: „So eine tolle Freundin wie dich gibt es kein zweites Mal. Ich bin unendlich dankbar, dass ich dich habe. Trotz der kommenden, weiten Entfernung wirst du mir immer ganz nah sein." Sie nahm ihre Hand und legte sie auf ihr Herz und fuhr fort: „Du bist immer in meinem Herzen! Ich lieb dich!" Steffi war total gerührt von den Worten, und sie drückten sich noch einmal ganz fest. Steffi versprach ihr: „Ich werde eurem Flugzeug so lange nachschauen, bis es nicht mehr zu sehen ist. Du bist und bleibst meine Beste, Marika!“ Raf unterbrach beide und meinte: „Ich möchte ungern drängeln, aber wir müssen leider los!“ Marika versicherte Steffi, dass auch sie so lang aus dem Fenster schauen würde, bis man nichts mehr erkennen könnte. „Ich melde mich, wenn wir gelandet sind.“ Marika gab Steffi einen Kuss auf die Stirn und ließ sie los. Raf nahm Marika an die Hand, und sie gingen durch die Kontrolle. Marika drehte sich noch ein paar Mal um und winkte Steffi zu. Steffi warf ihr noch einen Handkuss zurück, und dann verschwanden sie in der Menschenmenge. Steffi ging zu ihrem Auto und wartete, bis der Flieger zu sehen war. Sie wusste genau, mit welcher Fluglinie sie flogen, und daher konnte sie auch erkennen, welcher Flieger es war. Ein hellblauer großer Airbus. Bei so einem großen Flughafen starteten und landen ja minütlich irgendwelche Maschinen, und dann auf einmal war die riesige, hellblaue Maschine am Himmel zu sehen. Es war immer noch leicht bewölkt, aber die Sonne schien. Steffi blickte, wie versprochen, mit einem weinenden und einem lachenden Auge, dem Flugzeug so lange nach, bis es komplett in den Wolken verschwunden war …

ENDE

Die Autorin

Fränzi B., geboren 1983 in Lutherstadt Wittenberg, durchlief nach dem Realschulabschluss gleich zwei Ausbildungen: erst zur Arzthelferin, dann zur Krankenschwester – ein Beruf, den sie bis heute mit Herzblut ausübt. Zu ihren Lieblingsaktivitäten zählt sie shoppen und essen gehen, alles, was mit Freunden und Abenteuern zu tun hat, sowie das Genießen von Sommernächten. Ihre besonderen Fähigkeiten: Zielstrebig geht sie offen, humorvoll und positiv durch den Tag, ist selbstbewusst und hat Kampfgeist: „Ich schwimme sehr oft gegen den Strom", kommentiert die Autorin in eigener Sache. „Wenn alles kann und nichts muss" ist Fränzi B.s erste schriftstellerische Veröffentlichung. Aber gute Texte schreiben, Emotionen ausdrücken, Menschen damit beeindrucken, das konnte sie schon immer. Fränzi B. lebt heute im Landkreis Bayreuth, ist verheiratet und Mutter zweier Mädchen. Mit dem eigenen Haus hat sich die Familie ihren Traum verwirklicht.